李其纲 著

华东师范大学出版社

文学从诗歌开始

李其纲作品系列·文学评论

图书在版编目（CIP）数据

文学从诗歌开始 / 李其纲著. —上海：华东师范
大学出版社，2016

ISBN 978 - 7 - 5675 - 5567 - 9

Ⅰ.① 文… Ⅱ.① 李… Ⅲ.① 诗歌评论—欧洲 ② 诗歌
评论—美国 Ⅳ.① I106.2

中国版本图书馆CIP数据核字(2016)第174759号

李其纲作品系列 · 文学评论

文学从诗歌开始

著　　者　李其纲
责任编辑　阮光页
审读编辑　朱妙津
封面设计　高　山

出版发行　华东师范大学出版社
社　　址　上海市中山北路3663号　邮编200062
网　　址　www.ecnupress.com.cn
电　　话　021-60821666　行政传真 021-62572105
客服电话　021-62865537　门市(邮购)电话 021-62869887
地　　址　上海市中山北路3663号华东师范大学校内先锋路口
网　　店　http://hdsdcbs.tmall.com/

印 刷 者　江苏苏中印刷有限公司
开　　本　700×1000　16开
印　　张　7.5
字　　数　100千字
版　　次　2016年8月第1版
印　　次　2016年8月第1次
书　　号　ISBN 978-7-5675-5567-9/I · 1579
定　　价　38.00元

出版人　王　焰

(如发现本版图书有印订质量问题,请寄回本社客服中心调换或电话021-62865537联系)

《文学从诗歌开始》简介：

　　一个热爱文学的人，一个热爱文学创作的人，或者一个想学好语文的人，诗歌，就是他／她创建语言的巨厦的地基。

　　我们从小就知道，应该熟诵诗百首。唐诗宋词，我们有很多解析的范本，但对中国文学爱好者来说，欧美诗歌却少有对其解析的范本。

　　本书作者李其纲在诗歌创作、小说创作方面卓有成就，他以三十余年文学创作、文学编辑的丰富体验和经验，提出了"文学从诗歌开始"的新观点。本书撷取了最有影响力的叶芝、辛波斯卡、里尔克、布罗茨基等十二位欧美诗人，对他们最好的、最有代表性的作品予以详细解析。熟诵本书中的诗歌，将使你的文学水准、语文能力进入新境界。

李其纲简介：

　　1954年2月20日出生于上海一纺织厂中。上海市燎原（辽源）中学69届初中生。1970年赴江西省崇仁县插队。1974年返沪，在街道生产组、印刷厂做过工人。

　　1978年8月，考入华东师范大学中文系。在校期间，任华东师大"夏雨"诗社首任主编。

　　1982年8月，毕业后进入《萌芽》杂志社任小说组编辑。1985年，任《萌芽》杂志社编委、小说组组长，后任"萌芽丛书"编辑室主任。1996年，任编委、纪实文学组组长。

　　新概念作文大赛创意者。2008年，任《萌芽》杂志社副主编。2013年至2015年，任《萌芽》杂志社执行主编。主要工作为分管新概念作文大赛、《萌芽》（新概念作文版）。迄今，是新概念历史上唯一担任过工委会总干事的人。

　　诗歌《魔方、积木及其他》入选谢冕主编《中国新诗萃》；文学评论《道德化的痛苦与历史发展的阵痛》获首届上海市文学作品奖文学理论奖；与徐芳合作出版文学评论集《小说与诗歌的艺术智慧》（复旦大学出版社）、散文随笔集《岁月如歌》（华东师范大学出版社）；出版小说、纪实文学集《我们如此之近》（百家出版社），长篇小说《股潮》（上海文艺出版社）。中国作家协会会员，一级作家。

目 录

前　言

为什么说，文学从诗歌开始？

　　遥想很多年很多年以前，人刚开始有了文字，就想用这文字记事，吟唱。天蓝得苍茫，地远得苍茫，风雨、野兽，一起叫得苍茫，被苍茫裹得紧紧的人止不住要喊要叫，要歌要唱。在这时，诗歌开始了，文学也开始了。德语将诗歌的这一性质保留得特别充分：dichtung 指诗歌，dichter 指诗人，dichten 指作诗。Dichten 这个动词除了制作的意义之外，还兼有笼罩、覆盖的意义，它是不是意味着诗人来到这个世界的意义就在于制作一张语词之网，去覆盖那些被自然风雨侵袭的人们。这语词之网可以是绵实而欢畅的，也可以是温暖而忧伤的，总之，它立足在苍穹的覆盖之下，大地的泥泞之上。在自然之中，诗歌真的开始了，它也标示着文学开始了，文明开始了。在这时，汉民族有了《诗经》，而另一些民族有了《荷马史诗》，有了《摩诃婆罗多》《罗摩衍那》……

　　诗歌从它诞生的那一天起，就是最灵敏的语词形式。它有着最丰富的神经末梢，文学的任何异动和变化，它总是能最先感受到，并作出它的反应。稍远一点，有现代主义文学的崛起，滥觞之作可以追溯到玄学派诗歌（本书中有专门的章节予以阐述），渐成气候则有韩波、马拉美、波德莱尔的象征主义诗歌，它开了整个现代主义文学的先河。稍近一点，有 1919 年的新文学运动，开山之作亦为胡适的《尝试集》，是"两只蝴蝶飞呀飞"，飞出了现代汉语文学的翩跹和斑斓。

　　而一个作家，哪怕是小说家，他的文学生涯也往往从诗歌开始，他不是诗歌的实践者，也是诗歌的爱好者。哈代、茨威格、伍尔芙、劳伦斯、昆德拉、杰夫·戴尔……太多太多我们熟悉的优秀小说家，同时又是优秀的诗人。造成这一现象的原因可能有二。一是任何一种文学形式，究其本质而言都是一种语言活动。文学与其他任一学科相比较，其学科的独特性也在于它是一种语言活动。文学中可以有社会学、政治学、哲学、经济学、历史学的内容，可以有现代心理学研究的人的情感、情绪、欲望、人性与人格，但独独属于文学的、属于文学贡献给人类文明的，只能是语言。语言的丰富与芜杂，语言的腾挪与跌宕，语言的规范与反规范，语言的疾跑与漫步，语言的静默与摇曳，语言的万千种形态，只能是，也必须是由文学来提供。而要获取最好的语言，或者说，最好的语言训练，它肯定与诗歌息息相关。因而孔夫子才会将诗排在"六艺"之首，才会说"不学诗，无以言"，而桑塔格总结得更有谐趣：在二十世纪，写诗往往是散文（在欧美文学的语义中，散文包括小说、戏剧）作家青年时代的闲时消遣（乔伊斯、贝克特、纳博科夫……），或以左手练习的一种活动（博尔赫斯、厄普代克……）。而第二个原因可能在于现代小说所力图构造的叙事与抒情的立体空间关系，须臾不能离开诗意的弥漫与渗透，不能离开诗的架构的启迪与重塑。是诗将那些不可言说的情感言说了，而言说了又只可意会。诗可远观，而不可亵玩。诗可近赏，但务必空灵。好的小说，伟大的小说都会在抒情时让诗来呼吸，来起伏，让诗如影随行，让诗像盐溶于文本的浩荡水势之中。用布罗茨基的话来说，诗是空军，散文是步兵。空军与步兵组成一支立体的、全方位的军队，去攻克、占领现代小说的制高点：叙事与抒情的高度平衡。所以，在小说中有诗，是小说之福，是小说有福了。也正是在这个意义上，海德格尔说：一切艺术究其本质而言都是诗。

　　而我，一个天地之间渺小的人，我的文学生涯，似乎也是从诗歌开始的。一个十六岁的少年，他即使不写诗，也会是一个诗人。我记得那条长长的、逶迤的河谷。我躺在河坡上，掏出那年头的"国光"牌口琴，吹，或不吹。青春离我很近，故乡离我很远，我有足够的理由压抑。在压抑中，我谛听河谷。河也流得压抑。它携带了那么多温柔的水：苦溪、柞木溪、苦鸣溪、晓叶溪、五洽溪……那么多潺潺汩汩的溪，汇成了河却流得迟滞、压抑。两岸是山，是崖，山与崖捆着河。但河会反抗，我的谛听源自于河的反抗。在我眼前，它再流一百多米，就会奋不顾身地撞向黑黢黢的一堵崖。温柔的水碎裂成无数水珠，同时它发出了惊天动地的喊叫，老乡们说，那叫滩啸……我扔掉口琴，或不扔，我也想喊，想喊出些什么来，但终究没喊出。如果喊出了，那该是诗了。但我的文学生涯确实从那时开始了。

李其纲

2016 年 7 月

第一章
玄学派诗歌：兀立于平原上的孤峰

1. 奇　峰

　　玄学派诗歌确如奇峰一般崛起于 17 世纪的英国诗坛，用一个比喻来描述，它就是兀立于平原上的奇峰。前有平原，这一平原是伊丽莎白时代的诗，唯美、典雅、讲究音律；后有平原，这一平原是由济慈、雪莱、拜伦组成的浪漫主义诗歌格局，同样唯美、典雅、讲究音律。大自然在这样的诗歌格局中不是作为被热情讴歌的对象，就是作为映衬人之存在的美妙材料。但玄学派诗歌出现了，它是一个异数。它像一个叛逆的儿童，睥睨一切既有的诗歌秩序，从某种意义上来说它不属于 17 世纪。它在睥睨秩序之后，而又制定的秩序，是属于与它相隔了两个世纪之后的 19 世纪的，进而也是属于 20 世纪与 21 世纪的。

2. 反　抗

　　有一天我把她的名字写在沙滩上，大浪冲来就把它洗掉。我把她的名字再一次写上，潮水又使我的辛苦成为徒劳。

——斯宾塞《爱情小诗》

　　我迷上了那些难以尽数的岛屿，那些临海的达南仙境，那里时间肯定会忘了我们，悲伤再也不会向我们挨近，很快我们将远离百合花、玫瑰以及光焰的烦闷，只要我们是漂浮在海面上的白鸟，哦，我的爱人。

——叶芝《白鸟》

斯宾塞与叶芝的诗句是一种倾向，一种具有悠久历史传统的对于物、对于爱情、对于诗的内在结构及技法的尊崇及把玩。而玄学派诗歌从它诞生的那天起，就想找到另一种途径去玩物、玩情、玩技法。

Ⅰ 物

从古希腊文明开始，人信奉的是"人是万物的尺度"。人丈量、评判物的眼光是"唯人"的。物的美丑由人决定，由物对人的实用价值而决定。一个蟑螂是丑的，是因为它戕害人。一只蜜蜂是美的，因为它对人有用。人是中心，是物的

这座桥连接着两极：古典与现代。

主宰，这一观念直接衍化为无数诗歌作品的艺术风貌。玫瑰、夜莺对应着爱情，百合、白桦切合着生命。马是驰骋，是勇敢，鸟是翱翔，是自由。大海、草原是宽广，是襟怀……而一样物倘若没有意义，或者说它显见的意义与人类的要求相左，人也会赋予它某种意义，比如说柳树，在不知不觉的衍化之中变成了离别的代称。对物的这种现象，罗布·格里耶有过阐述："一张空椅子成了缺席或等待，手臂放在肩膀上成了友谊的象征，窗子上的铁栏意味着不可逾越……"

让人玩味的就是人自以为是中心，是物的主宰，但物在人的这种意识中长期浸淫之后涂染并堆积了大量的人的主观性，这种主观性恰恰与艺术所要求的独特性是背离的。所以在福柯看来，这就是"自古以来存积下来的语言的污垢。语言越文学化，比喻用得越多，'污垢'就越多"。

要清除文学附着于物之上的污垢，有两种路径。一是让物独立出来，独立于人的俯视它的眼光。人是中心，但还有另一个中心，即物也是中心。"世界存在着，如此而已。"人不要总是想着赋予物某种程式化的意义。二是玄学派诗歌所开辟的路径，即物不以对人的实用价值而存在，物在审美空间上可以拓展出无数可能性。物的美丑不由物的实用性质所决定，而是诗人那颗容纳万物的强大心灵。

　　看这个小跳蚤，你就明白你对我的否定多么渺小

　　它先吮吸我的血液，然后是你

　　我们的血液在它体内融合在一起

　　你知道这不能向人提及

　　这种罪恶和耻辱足以令少女失掉首级

　　然而它在求爱前尽情享乐

　　身体因两种血液组成的血液而膨胀

　　这远比我们要做的勇敢无数

　　请停手，赦免这个跳蚤的三条性命

3

在它体内我们已有婚姻的约定

这个跳蚤就是你与我的代替

就是我们的婚床和举行婚礼的圣地⋯⋯

——约翰·多恩《跳蚤》

这不是点石成金，这是点蚤成金，化蚤为神奇。蚤为人类厌恶的吸血、嗜血的功能，成为爱的建树的功能。蚤储存的血成为爱的结晶。爱的载体不再是玫瑰，不再是夜莺，不再是大海、帆、沙滩，不再是岛屿、仙境、光焰和白鸟。多恩解放了蚤，也解放了自己，解放了自己的语言。在很久很久以后，波德莱尔在《巴黎的忧郁》中才学会了像多恩那样解放天空。天空不再是浪漫主义诗歌的蔚蓝，不再是某种"污垢"，不再是某种意义的定式化表述。天空，可怜得也是骄傲得成为一块裹尸布。

Ⅱ 爱情

有一些词它在我们嘴边滑溜着，油盐酱醋之中，嘈嘈杂杂之中，我们习惯了这些词的相伴。比如说，时间；比如说，爱情。我们都以为我们知道这两个词，理解这两个词，但就如博尔赫斯所说："时间，我原本知道它是什么；但你一旦问我时间是什么，我却不知道时间是什么。"爱情是和时间一样丰富，一样让我们无奈、不知如何解答的一个词。某种意义上说，一部人类文明史就是在不停地解答爱情是什么的历史。

在多恩之前，在玄学派诗歌之前，存在这么一种对爱情的解答。它是严肃的，与肉体相关，更与灵魂相关。它是咏叹调，是小夜曲，即使忧伤也仿佛头发一样，总是有无法阻止它生长的理由。它相伴着婚姻，但婚姻是结局。结局之后，不再有爱情。爱情到婚姻即止。它相伴着分离，短暂的分离或永恒的分离。它讴歌分离，讴歌分离所带来的缠绵、缱绻，讴歌造成这种分离的关山阻隔、等级阻隔。但它对分离的讴歌是假象，骨子里它总在讴歌永恒的重合，即使肉身分离，灵魂也在拥抱。

但在玄学派诗歌中，在多恩和马维尔笔下，爱情从古典的祭坛上缓缓走下，爱情不再是被咏叹、被讴歌的对象。爱情变成了必须被证实的一种存在物，如果它存在或者说存在着这样一种被称作爱情的东西的话，它就可以被调侃、被嘲讽。它不是严肃的，不是端庄的，它就是世人握在手中的任何一样物件。它可以是子弹，可以是墨盒，当然也可以是圆规。

就还算两个吧，两个却这样
和一副两脚规情况相同；
你的灵魂是定角，并不像
移动，另一角一移，它也动。

虽然它一直是坐在中心，
可是另一个去天涯海角，
它就侧了身，倾听八垠；
那一个一回家，它马上挺腰。

你对我就会这样子，我一生
像是另外那一脚，得侧身打转；
你坚定，我的圆圈才会准
我才会终结在开始的地点。

——约翰·多恩《别离辞：节哀》

多恩完成的是让圆规多转一会儿，就像让子弹多飞一会儿一样。多恩把玩爱情，而姜文把玩子弹、把玩暴力。在这种把玩背后，或者说在这种对爱情的调侃、嘲讽背后，其实隐藏的是对自我与他者关系的一种深刻怀疑。无论爱情是否具有契约性质，它都是值得怀疑、难以信赖的。对我与自我的关系，本身就具有某种不确定性，又何况以这样一个不确定的自我，怎么能够构建一个与他者的信任关系。他人即地狱，或许在多恩和马维尔的笔下太过夸张，但他人就像自我一样难以琢磨、难以确定，却具有确定性。或天涯海角，或侧立身畔，或坚贞，或动摇，都是一种假想的存在，一种可能性的存在。圆规在画着圆，却永远画不圆。就是说爱情是一种画不圆的圆。圆规之中有规，爱情之中却无规。如果一定要画一个圆，多恩极有可能像阿Q一样面对着一个无奈的圆。

Ⅲ 技法

在玄学派诗歌之前，传统诗歌的技法是借景抒情、直抒胸臆，这样的技法在什克洛夫斯基看来它就是在经验的层面上、语言的通讯性质层面上运行着。句子与句子之间、词与词之间遵循的是生活经验的逻辑，句子的秩序、词的秩序，它们的搭配与勾连就是日常语言的搭配与勾连，就是日常语言的逻辑关系。但从多恩始，玄学派诗歌的努力就是砸碎这种逻辑关系，重新建立一种语言秩序，让熟悉的变得陌生，让陌生的变得熟悉。

我们的灵魂是一条探寻理想国的三桅船……

他的命运定在凄凉的海滩，
小小的堡垒，莫测的手掌；
他留下一个名字，以示教益或点缀故事，
顿时天地易色，一片苍白。

这些诗用艾略特的说法，"是将各种意象和多重联想通过撞击重叠而浑成一体"。诗人将"最异质的意念强行拴缚在一起"。灵魂与三桅船，毫无关联的事物，被诗人强力地扭结在一起，像双溪蚱蜢舟与愁强力地扭结在一起一样。抽象的灵魂与抽象的愁都与船融会贯通，这一技法，现代主义的一代宗师艾略特有个经典的概括，让你像闻到玫瑰花的香味一样感知到思想，亦称"思想知觉化"。抽象的命运在视觉化中变成了堡垒、手掌，在视觉感悟中被呈现，而名字和教益则似乎沾染上颜色。而且这颜色不是客观化的呈现，天空可以顿时由蔚蓝而苍白，与其说苍白是天空的颜色，而不如说是被主观化的心境所改造过的颜色。概言之，是心境的颜色。

3. 结　语

玄学派诗歌所完成的对物、对爱情、对技法的反抗，有效地构成了现代主义诗歌的源头。历史或许不容假设，玄学派诗歌所建立的美学趣味为什么从17世纪到19世纪有一个漫长的断裂。它为什么没有被18世纪的诗人所承续，而成为兀立于平原之上的孤峰。我们禁不住像艾略特那样发问："要是诗歌的主流一直顺着玄学诗人们的方向直接演变下来"将会怎样？艾略特在他关于玄学诗人的文章中，没有给出答案。但其实，也不会有答案。历史像爱情一样不容假设。

我们的灵魂是一条探寻理想国的三桅船。

第二章
美国诗坛双子星座之狄金森

惠特曼（1819—1892）、狄金森（1830—1886），他们构成了美国 19 世纪诗坛的双子星座，但他们的差异实在是巨大的，不仅仅在于性别，不仅仅在于经历，而是具体体现在他们的诗歌实践活动中。

惠特曼是诗坛上的斗牛士，强大、强悍。语言在他的剑锋上跳动，又似乎在牛蹄的践踏下挣扎。他的《哦，船长！我的船长！》堪称经典，也尽显了他对诗的把握和理解。那是向着"外宇宙"的尽情开拓、索取和占有。那些轮廓线

狄金森

巨大的事物，浩荡着也逶迤着进入他的诗行。航程、号角、旌旗、人群、港口，他的疆域辽阔，他讴歌着船长，他在讴歌的同时自己的身份也发生了某种转换：他在驾驭语言这艘船时，他自己也变成了船长。惠特曼也写爱情，但他笔下的爱情也是阔大的，像两只大象的爱情，而不是两只蚂蚁的爱情。

狄金森是惠特曼的反面。惠特曼有多么强大、强悍，狄金森就有多么孱弱、柔弱，惠特曼向着天空挺起坚硬而壮硕的脖颈，而狄金森要低下她的眉眼，低下她的身段，要低到尘埃里去。

1. 第一号宅女

梭罗在《瓦尔登湖》中写道:

　　很快就有一只美洲鹬来我屋中做窠;一只知更鸟在我屋侧的一
棵松树上巢居着,受我保护。六月里,鹧鸪(Tetrao umbellus)这样
怕羞的飞鸟,带了它的幼雏经过我的窗子,从我屋后的林中飞到我
的屋前,像一只老母鸡一样咯咯咯地唤她的孩子们,她的这些行为
证明了她是森林中的老母鸡。

梭罗对鸟的屋子、人的屋子都充满了热爱。所以有人说,在西方哲学史
中,梭罗是唯一一位以建造房屋的形式呈现了其哲学家使命的思想家。其实,
很多人像梭罗一样,都对屋子充满了热爱,陶渊明的结庐、叶芝的茵纳斯弗利
岛上的小木屋、屠格涅夫《猎人笔记》中的木屋都有浓郁而难以化开的"房屋
情结"。狄金森也有这样的情结:

　　　　我居于可能性之中——
　　　　一所比散文更美的房屋——
　　　　窗户数不胜数——
　　　　卓越——因为门扉——

　　　　如柏居室无数——
　　　　目光无法穿透——
　　　　永恒的屋顶
　　　　原是苍穹架构——

　　　　访者无数——最美的——

居于——此间——

伸展开我窄小的双手

聚拢乐园——

"窄小的双手"是对自我生命的一种确认，唯其"窄小"，在恢宏博大的自然之中，似乎才需要房屋的庇护，房屋所给予的安全感。如果说，渴望生活在地窖之中的卡夫卡是天下第一号宅男的话，那么，在30岁以后几乎足不出户、终日生活在房屋之中的狄金森则完全可以称得上天下第一号宅女了。

作为宅女，狄金森一方面感受到了房屋的温暖，她曾说"对任何人来说，回家肯定是很甜蜜的了——家就在如许房屋之中——每一颗心都是一间'上好的房间'"，但另一方面，她同样看到了房屋的限制、房屋的捆绑及束缚：目光无法穿透。一堵墙就是一堆秘密，无数堵墙就是无数堆秘密。人的幸福就在墙里面，但人的自由也到墙为止。一个生命体可能就是一堵墙，一种绝缘体。从人的本源的存在出发，人应该是类的存在，但这一类的存在偏偏又受限于房屋，受限于墙，类之中个体的沟通被墙强有力地阻隔而分开。

2. 鱼在波涛中哭泣

假定，我们过桥，我们在桥上驻足，因为是秋天，我们驻足的时间比之夏天和冬天略长，我们看桥下的流水，流水枯黄，流水是陌生的；假定，我们摆渡，在一条我们自以为熟悉的江上摆渡，从江的西边到江的东边去，摆渡船不紧不慢、不疾不徐引渡我们，我们站在甲板上，看舷旁的流水，春天的流水，不蓝不绿，也是一种枯黄，这水依然是陌生的；假定，我们垂钓，在我们熟悉的古诗词中找一条江南的小河垂钓，时节大约在冬季，小河在平原上静止，但其实它也在缓慢地流淌，水的颜色枯黄，这水散发出远比古诗词让我们陌生的气息。我们手中的钓竿轻轻嬉水，但我们灵知却与水阻隔重重，我们看不透这水，我们握不住这水，我们更不知道我们企图钓到的鱼在水中是怎样地呼吸、觅食、苗壮成长。我们看不到鱼的笑容，更看不到鱼的眼泪。

　　这样的疑惑，狄金森把它融入于诗之中了：

一只小鸟落向幽径——
并不知道我在看他——
他把蚯蚓啄成两半
再将它生生吞下，

接着他顺便从草上
饮了露珠一颗——
然后又跳到墙边
让一只甲虫爬过——

他用疾眼扫射
急匆匆东瞧西瞅
如同受惊的珠子，我想——
转动他茸茸的头

如置身险境，小心翼翼，
我赏他一点面包皮
他却舒展羽翼
向家里轻轻划去——

轻于分开大海的双桨，
一片银光不见缝隙——
或蝴蝶，跳离正午沙滩
游过时没有水花飞溅。

狄金森在看鸟，或者，在观察鸟，像许多人的童年一样，都看过蚂蚁，观察过蚂蚁。狄金森似乎拥有一个全知的视角，但仅仅是似乎，因为在鸟回归海面方向之后，面对"一片银光不见缝隙"，狄金森的视域也就受限于此，她不仅无法尾随它的回归，连鸟存在过的迹象和证据都无法找到。就像我们童年见过的蚂蚁一样，一旦它进入洞穴，谁又能描摹洞穴中的景观呢？

人或鸟，人或蚂蚁，或者人与水，人与水之中的鱼，实际上是一种互为"他者"的关系，有一种永恒的隔绝与割裂存于其中，或者换言之，人尽管是自然中的存在物，但人这一存在物与自然却有着命定的隔绝与疏远。这就如同无比热爱自然的梭罗所说："我们没有看到自然博大、可怕、非人性的一面，我们就没有看到纯粹的自然。"

鱼在波涛中哭泣，但我们看不到鱼的哭泣。

3. 很弱，却很美

我说，我是喜欢《雪国》的人，以同样的理由，我也喜欢狄金森。

川端在《雪国》中写道："穿过长长的国境隧道就是雪国了。天边的夜色明亮起来。火车停在信号房前面。"

这淡淡的语调，契合着雪的飘落，雪的反光，雪堆砌的道路所特有的那种岑寂。火车似乎消失了它的轰鸣声，而只与一个传说相关。火车上的一切在流动，但溅不出一丝喧闹，所有的人皆在一种"变幻无常的透明中"。

雪国很静。"群山透明而又冷清"，但静仅仅是一种表象，骨子里它透出的是一种喧闹，一种虚无的喧闹，即它在不停地叩问：生命的本源的价值何在？瞬时的欢愉之后为何却是永久的哀痛？难道真如一句禅言所揭示的那样：真般苦味者，清静如虚无？

都是很弱的人，岛村、叶子、驹子，当然，还可以加上狄金森：

　　　雏菊就这样消失

离开今日的田野——
如许舞鞋就这样踮起脚尖
滑向远远的天堂——

昼的离别潮汐——
就这样在绯红的汩汩声中离去——
盛开——失足——流逝
于是你与上帝在一起?

全诗不着一个"静"字，但在我们的阅读体验过程中，却分明有一个"静"字紧紧萦绕。某种静态：雏菊消失于广阔的田野之中；某种静思：遐想中的舞鞋如雏菊一样高蹈于天堂；某种静力：纤弱如雏菊一样的生命，无法挣脱某种宿命，但偏偏要发出强大的"汩汩"之声。如果说，惠特曼是向着"外宇宙"拓展进发的勇者，那么，狄金森就是向着心灵、向着精神的"内宇宙"拓展进发的智者。植物、人类、上帝，这三者在诗中如此紧密地相拥又相斥。生命的有限，生命的困境，是如此有力地通过纤弱的雏菊的消失而訇然发出断弦裂帛之声。

很弱但很美。弱者的狄金森想象的爱情，不是两只大象的爱情，而是两只蚂蚁的爱情。

13

很弱，但很美。

就如狄金森自己所说："如果世界是'费尼斯特拉'，我就是'费尼斯特拉的囚徒'，在我地牢般的院子里，从寂静的路面石头中，长出了一株植物，很弱却很美……让我的孤独有了乐趣，有它作伴我感到异样的快乐。"

这么简单，这么弱小，但它快乐。

有两种快乐，就像在文学中有两种本体论一样，一种是宇宙本体论，那是宏阔的叙事与宏阔的快乐，是惠特曼式的快乐，是达则兼济天下的快乐；另一种则是生命本体论，那是所有和生命信息相关的快乐，是岛村的快乐，是狄金森的快乐，从简单、弱小出发，却发觉源自生命本身的快乐。在这个意义上，雪国之静，雏菊之静，它们也很强大。

第三章
忧郁的巴黎，忧郁的波德莱尔

论及现代主义诗歌，波德莱尔（1821—1867）是绕不过去的诗人。他被称作古典主义的最后一个诗人，同时又被认为是现代主义的第一个诗人。在上海阴郁的二月的天气里，看《巴黎的忧郁》，禁不住也忧郁起来，心头弥漫的

波德莱尔

是上海的忧郁。既然这样，就像波德莱尔一样，向忧郁致敬吧。

1. 忧郁的城市

波德莱尔最伟大的贡献之一，就是他是最早把城市景观，城市的房屋、房间、街道、人群以及城市独具的那种人的心态纳入笔底的诗人。如果说存在着一个与"田园诗人"相对应的"城市诗人"的话，波德莱尔当之无愧是"城市诗人"的第一人。

他触摸着、梳理着巴黎的肌理。但总有一种比忧郁更忧郁的绝望弥漫于巴黎的街衢之间，砖石之上。红头发的女乞丐，患着水肿病的老太太，无依无

靠的盲人，赌徒……这些最底层人们的困境似乎构成了巴黎最重要的景观。不过，更让我压抑的并不是困顿的生活图景所带给我的压抑，因为它们原本就具有压抑的性质。更让我压抑的是那原本辽阔的或轻盈的事物，在波德莱尔笔下也丧失了它们应该具有的经验的性质。比如：千万条线的雨珠，变成了像大监狱的栅栏的无数铁条，晚祷或晨祷的钟声像可怕的幽灵的长啸，而整个世界索性变成了潮湿的囚牢……

这是无可挽回、不可驱逐的忧郁。忧郁的巴黎，却缺少忧郁的美。

当我被波德莱尔的巴黎折磨得够呛的时候，理智告诉我，我应该逃离，如果不愿意逃离巴黎，可以去看看 3D 的巴黎，可以跟着罗兰·巴特去看那弥漫温柔敦厚的理智之美的巴黎，可以跟着加缪，跟着纪德，跟着他们流水的文字去看他们的巴黎。当然，更可以跟着杰夫·戴尔，去领略在《臭麻》里所写的巴黎，一个异乡人眼中的巴黎。巴黎在麻辣的舌尖上，既清逸又浪漫，既让你如堕深渊，又欲罢不能，既让你陌生——你不认识所有的人，没有一个人是你叫得出名字的，但又让你熟悉，那熟悉的街头拐角，那行色匆匆的步履，那紧

宁愿到撒旦那儿去寻找爱情，也不愿在巴黎寻找爱情。

闭的每一扇窗户，你都依稀在哪儿见过。在这时，你触摸到的是庞大的城市所建立的它的美学结构：在陌生中被放逐，在陌生中追求无奈，在陌生中与陌生互相取暖，在陌生中践踏陌生但又被陌生所驾驭。城市最强悍的逻辑就是：几千万人在一起，而与你发生勾连的也就是那么几个，几十个。

在这样兜了一圈之后，蓦然回首，再去看波德莱尔的巴黎，竟然发觉波德莱尔也曾经偶尔抛开他的让人痛苦不堪的巴黎，而写出谐谑的巴黎、活泼的巴黎。

致一位过路女子

大街在我的周围发出震耳欲聋的吼声。
有位修长苗条、戴着重孝、神情哀愁、
显得端庄的女子忽然走过，用一只闪出钻戒光彩的手
撩起并摇动饰有月牙形花边的长裙，

体态轻盈而雍容华贵，露出玉雕般的小腿。
我呀，竟像个精神失常的人那样颤抖不已，
从她宛如孕育暴风雨的青灰色天空一般的秋波里
痛饮那令人销魂的快乐与令人陶醉的妩媚。

一道闪电……随后是黑暗！——啊，转瞬即逝的美人，
你的目光竟使我突然复活，
难道从此我只能与你重逢于来生？

离去了，走远了！太迟了！也许永远无可奈何！
因为我不知道你的下落，你也不知道我的归宿，
啊，我竟爱上你，你即使洞察我的心也毫无用处！

"也许永远无可奈何"，这是村上在《遇到百分百女孩》中的感叹，也是所有的在都市这荒漠般的人群中活着的人都遭遇过的感叹，我们永远在与一个人擦肩而过。城市的宿命就是我们的宿命。

2. 忧郁的爱情

对波德莱尔来说，"恶之花"之恶，首先意味着女性。这些女性在波德莱尔的笔下，时而是"黑色维纳斯"，时而是长着爱琴海般蓝色眼眸的"女神"，时而是圣母和天使。这些变换着的女性有着波德莱尔现实生活中与女性交往的投影。有三位女性在波德莱尔的生活中摇曳多姿地出现过。一个是让娜·杜瓦尔，像林黛玉一样的任性而多病。1842 年，杜瓦尔与诗人相遇，此后两人相爱多年。另一个是玛丽·杜布伦，这个有着蓝色眼眸的女性，将两种悖反的性格融合在一起：清高但又邪恶。杜布伦为波德莱尔带来过欢乐，也带来过巨大的创伤。还有一个叫阿波罗妮·萨巴蒂埃。那是诗人暗恋的对象，她有着雅典娜的美和天使的轮廓。三位截然不同的女性，构成了波德莱尔对女性不同的精神诉求：融合了母爱的爱情、理想中的情人幻象，以及受虐式的暗恋。它们的共同点是：都在婚姻那儿止步了。它们还有一个共同点是：都是波德莱尔人生某一个时段灵与肉的主宰，并完成了对波德莱尔灵与肉的分割，让波德莱尔既憧憬爱情，又畏惧爱情，宁愿到撒旦那儿去寻找爱情，也不愿在巴黎寻找爱情。

在《你也许要把整个世界都引向你这条小街》中，他写下："啊，荡妇！无聊害得你的铁石心肠毒如蛇蝎"；在《但是尚未满足》中，他写下："双胁乌黑的女巫，一片黑暗的午夜的产物"——在这样的文字中，似乎总有着一股怨气、戾气向着女性泼洒而去。即使在充满抒情气息的《浓密的长发》中，他也小心翼翼而满腹狐疑地写下："但愿你永远也不会冷淡地对待我的要求"；而在热烈的如同表白一样的《我爱你，犹如爱夜间的苍穹》中，他仍在为得不到的爱而伤感："你越是避开我，美人啊。我越是避不开对你的爱……"

诗歌中的强者，爱情中的弱者。这就是波德莱尔。但或许也正因为有了爱情之弱，才有了诗歌之强。

《我曾因你动情》或许是波德莱尔所写的最为优美的一首爱情诗：

我曾因你动情

也许你我终将行踪不明，
但是你该知道我曾因你动情。
不要把一个阶段幻想得很好，
而又去幻想等待后的结果，
那样的生活只会充满依赖。
我的心灵不为谁而停留，
而心总要为谁而跳动。

"不为谁而停留"，波德莱尔难得地显出一种正常情态中的强悍，但紧跟着的一句"总要为谁而跳动"却迅速回返于一种难以排遣的缠绵之中。波德莱尔的思念与慨叹就像许多暗恋者的思念与慨叹一样：总是单向的。无时不在的思念与恰恰不在的缺场，形成一种喜感的对峙画面，却又更深地把一种爱推向绝望：思念者的位置与被思念者的位置之间永远会制造出一种虚幻，尽管这种虚幻也很美。

3. 象征的森林

契　合

大自然正是一座神殿，那充满活力的柱石
往往发出朦朦胧胧的喃喃的声音；

19

人漫步穿越这一片象征的森林，

森林投出亲切的目光，注视着人的举止。

宛如来自远处的一阵阵悠长的回声，

融入深邃而不可思议的统一体中，

像光明一样无边无际，又像黑暗一样无穷无尽，

香味、色彩、声音纷纷互相呼应。

有的香味鲜嫩如儿童的肌肤，

轻柔如双簧管的音调，翠绿如草地，

——有的香味却异化、绚丽而眉飞色舞，

流露出无限的天地万物的心迹，

仿佛龙涎香、麝香、安息香和乳香，

歌唱着精神的振奋与感觉的激昂。

　　这首诗有"通感"，有"联觉"，在这首诗中我们看到了香味（嗅觉）、色彩（视觉）、声音（听觉）如何互相呼应，皮肤的触觉又如何在嗅觉的层面上层层展开（有的香味鲜嫩如儿童的肌肤），恰如托麦斯所说："我听到光的声响，我看到声音的光；我的舌头大叫，我的鼻子看到。"

　　但这样的"五官不分"并不是最重要的，如果说它具有某种重要性的话，也仅仅只是表明了它对"通感"与"联觉"技巧的熟稔运用，是整个现代主义诗歌的艺术表征之一。这首诗最重要的在于它提出了天地万物皆是象征的森林的艺术主张，即大自然的万千气象与人的复杂精神世界构成存在着一种神秘的对应关系，换句话说，在自然与人的精神之间具有某种同一性。

　　在波德莱尔看来，一个优秀诗人的任务，就是能够深潜，深潜到物的核心和内部，如果核、地核，如蚂蚁与鱼虾的心脏，如一条湍急的河的河底，

去发现、去想象它们与灵魂的谐合或对峙；或者，能够翱翔，与云对舞与鸟对话，在云絮或翅影之中去理解、去诠释生命的坚韧和脆弱，生命在一种社会计划之内的意义和生命在虚幻缥缈中的无意义。用马塞尔·雷蒙对波德莱尔这一艺术主张和实践的概括就是：因为对于灵魂来说，它有办法和这个隐秘的彼界沟通；在其本质都是精神的小宇宙和大宇宙之间，存在着一种媒介、一种共同的语言，使得他们能够互相揭示，互相辨认，这是象征的、隐喻的、相似物的语言。当然，我也可以用一种更明朗的语言去概括它，即我们的实证科学远远不能概括万物与精神的那种神秘的联系。在这个意义上，我们离列维·布留尔所描摹的原始人对自然的那种感应，那种在感应中所泄露的虔诚和敬畏并不遥远。

在自然面前，我们不应该站立，而应该跪着。

第四章
叶芝：保持了最好意义上的青春

威廉·巴特勒·叶芝（1865—1939），是用英语写作的爱尔兰诗人、剧作家、小说家、散文家。他被艾略特推崇为"二十世纪英语世界最伟大的诗人"。

浪漫主义诗歌在叶芝这里终结，同时他又被认为是前期象征主义诗歌与后期象征主义诗歌的桥梁。而最饶有意味的是，他被艾略特认为：他的作品保持了最好意义上的青春，甚至在某种意义上，到了晚年他反而变得年轻了。

叶芝

1. 我们的岛

茵纳斯弗利岛

我就要动身走了，去茵纳斯弗利岛，

搭起一个小屋子，筑起泥巴房；

支起九行云豆架，一排蜜蜂巢，

独个儿住着，荫阴下听蜂群歌唱。

我就会得到安宁，它徐徐下降，
从朝雾落到蟋蟀歌唱的地方；
午夜是一片闪亮，正午是一片紫光，
傍晚到处飞舞着红雀的翅膀。

我就要动身走了，因为我听到
那水声日日夜夜轻拍着湖滨；
不管我站在车行道或灰暗的人行道，
都在我心灵的深处听见这声音。

茵纳斯弗利岛只存在于传说中，在地图上你找不到这样一座岛。但叶芝言之凿凿，他就要动身走了，去茵纳斯弗利岛。口语化的明白晓畅，也将一座虚拟之岛，变得亲切，变得像邻家女孩的居所一般确凿，没有疑义。

一座传说之岛，虚拟之岛，却成为叶芝的向往之岛。

岛的寓意何在？自然形态之下的岛，意味着四周皆是水的陆地。岛是一种隔绝，一种封闭，如同戈尔丁《蝇王》中的海岛，孩子们所演绎的悲剧只能够发生在远离大陆、远离人群的封闭之岛上。岛还意味着一种封存，像泥巴、陶罐封存了最好的陈酒一般，人迹罕至的岛往往封存了最原始的自然，最本真的自然。

岛是风景。水环拥着、簇拥着岛。无风的日子，岛四周的水平整光滑，如果有早霞或是晚霞，必是天上一片，水上一片，岛仿佛不是被水包围，而是被霞包围了。而一旦有风，水喧哗着，拍打着，岛就像启碇待发的船了。只不过，它永远不会真的出发，它永远只忠实于它生于斯、长于斯的这片水域。岛，像一个守望者。

岛是传说，不仅仅叶芝笔下的茵纳斯弗利岛是一种传说，还有许多岛也是传说。马拉松岛和萨拉密岛就是古希腊文化中的传说。在这两座岛上，公元前5世纪，希腊大胜波斯，它们成为胜利之地，荣誉之地。因此，海岛在古希腊文化中成为某种信仰的符号：古希腊人以为人死以后灵魂会进入某种"乐岛"，那是一个遥远而神秘的极乐世界。

诗人们热爱写岛。叶芝还写过诗剧《雕像之岛》，写过在晨光下做梦的印度洋上的海岛：岛上的宁静，让爱情长成星辰。

写这首诗时，叶芝二十多岁。二十多岁的叶芝，像一条狗，岛像一块引诱他的骨头，他要逐岛而去。他唯美，充满激情，也充满绝望，他裹挟着浪漫主义的余绪，如他自己所言：他们是最后的浪漫主义诗人。他在这首诗中也将浪漫主义的艺术表征凸显得一览无遗：白描浅显，直抒胸臆，而不是像他后期步入象征主义流派之后那样，强调一个强大的主观世界对客体的变形和扭曲。他不忌讳他的厌恶：车行道，或灰暗的人行道，那是城市的代表性符号，也就是说他不忌讳他对城市的厌恶。

一座岛就是一种孤独。

他要逃离，到岛上去。茵纳斯弗利岛是他的岛：他的封闭，他的封存，他的风景，他的传说，他的"乐岛"。他要像卢梭回归自然一样，回归他的岛。爱尔兰传说中的茵纳斯弗利岛因之与魏晋传说中的陶潜的桃花源有了几份相像：陶潜结庐，叶芝搭泥巴房；陶潜种菊，叶芝种云豆。

逃离是生命的一种本能。我们也总想逃离，逃离三聚氰胺，逃离PM2.5，逃离喧嚣嘈杂苟苟营营尔虞我诈；也总想在某一个角落里，藏掖着一个我们的岛，像在南非草原上藏掖着莱辛的农庄，像在北美的某条河畔某座山脚下藏掖着塞林格的麦田……在这个意义上，茵纳斯弗利岛不仅仅是叶芝的岛，也是我们的岛。

实际上，在夜晚的时候，我们也就是一座岛。月色如水包围着我们，风以某种轻柔的姿态包围着我们，Yehudi Menuhin的音乐以一种动创造出宁静包围着我们，博尔赫斯以及像博尔赫斯一样的人所创造的氛围所写下的雾一般迷朦的字包围着我们……一座岛就是一种孤独。

然而，悖论就在于，我们的孤独总是被复制，被粘贴。它是我的，又不仅仅是我的；它是我的岛，又不仅仅是我的岛。在很久很久以前，玄学派的代表诗人多恩就写过一首诗《没有人是一座孤岛》：

没有人是一座孤岛

没有人是一座孤岛，

可以自全。

每个人都是大陆的一片，

整体的一部分。

如果海水冲掉一块，

欧洲就减小，

如同一个海岬失掉一角，

如同你的朋友或者你自己的领地失掉一块

25

任何人的死亡都是我的损失，

因为我是人类的一员，

因此不要问丧钟为谁而鸣，

它就为你而鸣。

　　人是这样一种双重存在物：既是个体的，又是群体的。当多恩写道没有人是一座孤岛时，他是从人的群体性出发的，就像叶芝的茵纳斯弗利岛，是一个族群之岛，就像拜伦在《哀希腊》中所歌咏的希腊群岛，也是一个族群之岛。

　　向族群之岛的回归之路可能漫长，可能迷失，但回归的步履，回归的努力却永远不会停顿。因为，茵纳斯弗利岛，从人的存在形而上意义而言，是一种母土的象征，是某种能让生命根系深扎的地方的象征，是一种洁净和对污染的决然排斥的象征，是对大自然的深深眷恋和尊重的象征。

2. 无望的爱情

毛德·冈

　　在我的想象中，叶芝与毛德·冈的关系中有这样一个场景。叶芝对毛德·冈说：我爱你！毛德·冈说：我不爱你！叶芝说：但我真的爱你，你不能剥夺我爱你的权利！毛德·冈说：那你就爱吧，再怎么爱你也不能剥夺我不爱你的权利！叶芝说：但我真的真的真的爱你……这首《当你老了》该是叶芝向毛德·冈出示的真爱的证据。

当你老了

当你老了，头白了，睡思昏沉，

炉火旁打盹，请取下这部诗歌，

慢慢读，回想你过去眼神的柔和，

回想它们昔日浓重的阴影；

多少人爱你青春欢畅的时辰，

爱慕你的美丽，假意或真心，

只有一个人爱你那朝圣者的灵魂，

爱你衰老了的脸上痛苦的皱纹；

垂下头来，在红光闪耀的炉子旁，

凄然地轻轻诉说那爱情的消逝，

在头顶的山上它缓缓踱着步子，

在一群星星中间隐藏着脸庞。

这首诗作于 1893 年，相距叶芝认识毛德·冈已有四年。

1889 年，伦敦，贝德福德公寓。很多年以后，叶芝仍沉浸在那个春天的下午。他见到了毛德·冈。他知道整个一生的命运将因这一个春天的下午而改变。他回忆那个下午：

我从未见过世间有如此美丽的女子。那种美只存在于名画、诗歌里或者某种传奇般的过去。苹果花般的肌色，而脸和身子的轮廓有着布莱克所说的最高贵的美，因为这种美不会随年岁的增长而有任何改变，身材高挑，宛若神仙。她的一举一动与她的身段很相配……我想不起那天她说的任何话了，除了她对战争的溢美之词惹恼了我父亲……当我回想过去，她似乎给我那段时间的生命带来了——我仍只看到显而易见的东西——柔和的色彩、缅甸铃的声音、一种无法抗拒的有许多美妙的合成音符的激动。

但毛德·冈确实只属于传奇，而不属于叶芝的现实生活。她坚决地回绝了叶芝的"我爱你"。从此，叶芝上演了一场轰轰烈烈的单相思。在无数首诗中，他将毛德·冈视为玫瑰，但这玫瑰只给他刺，而不给他花蕊和馨香。

在《致时间十字架上的玫瑰》中，他直呼并近乎乞求地反复说："靠近我吧。"但毛德·冈只给他一个优美的背影，一种可望而不可即的美。玫瑰，在镜中，在水中。

在《神秘的玫瑰》中，他呼唤"遥远的、最神秘的、不可侵犯的玫瑰"，但这玫瑰不给他一丝读懂她的机会。两人之间，貌不合，神相离。

在《尘世的玫瑰》中，他对美的瞬时性提出了质疑，他以为山川万物、日月星辰皆会消逝，但美或美的精神能穿越永恒，穿越时空。这种对美的咏叹其实是他对一种爱，一种力图从深陷的爱中自我解脱的挽歌："闪过的群星下，天空的云沫下，这张孤独的面庞永远驻留。"

在有了那么多关于玫瑰的诗后，有了这首《当你老了》。

诗有最鲜活的场景：壁炉、火光、白发、阶梯般升起的书架。

诗有最伤感的氛围：物与人的衍化将时间予以最残酷的呈现。

诗有最难穿透的神秘：谁在山顶蹀着步子，是虚无的精神即爱情，还是曾握有爱情的人？如果是爱情，那步态该年轻，如果是曾握有爱情的人，那步态该苍老。但显然这是一个没有完整陈述的过程，被完整陈述的只是白发与炉火红光的色彩对立，是星星如脸庞般的浮现。但毫无疑问并有那么点残酷意味的是：这凄美的一幕仅仅是年轻的叶芝对未来岁月的猜测和遐想。同样毫无疑问的是：这首叶芝爱情诗的巅峰之作，曾打动过无数少男少女的心。

但令人不解的是，艾略特对这首诗的评价不高。他说：这些都是很美的诗作，但仅仅是匠人的作品，因为诗中人们感觉不到那种为普遍真理提供材料的独特性。

何谓普遍真理，或者说，何谓爱情的普遍真理，艾略特语焉不详。但我们或许可以从毛德·冈的爱情经历，以及她最终与叶芝的关系中窥视到某种轨迹。

毛德·冈在其住在巴黎姑妈家时，爱上了法国的政治激进派米立夫。因为米立夫是有妇之夫，毛德·冈一直未公开两人的关系。1889年，也就是叶芝认识毛德·冈的那一年，两人生下一女，但孩子不到3岁就夭折了。1896年，他们的第二个女儿来到人世，她就是艾秀特。1898年，因为米立夫移情别恋，冈带着女儿离开了他，对外人只称艾秀特是她的外甥女。

在此期间，叶芝始终没有停止过对冈的追求。而最残酷的一幕发生在1903年。毛德·冈再一次拒绝了叶芝，嫁给麦克布赖德上校。叶芝愤然写下："你曾经美丽，我也曾竭心尽力用古老而高贵的方式爱你；那似乎很幸福，然我们已变得心力交瘁如那空月。"

当叶芝写下"心力交瘁"这一行字后，他不会想到若干年后，罗兰·巴特在评述少年维特的爱情时也写下了"沉重的心"：

> 所谓心，我以为就是我奉献的东西。维特觉得，当这奉献被退回时，当他舍弃了别人借予他而他自己又不想要的头脑时，他就只剩下一颗心了。这种说法好像过于轻描淡写了点，因为，事实上，我保留着的这颗心非同寻常，那是颗沉重的心；因奉献被回绝而沉重，仿佛一颗回流的"心"填满了我的心（只有恋人和孩子才有沉重的心）。

我们只需把维特改为叶芝，就能够完整呈现沉溺爱之中的叶芝如何高贵又如何愚蠢了。但爱本来就是和愚蠢息息相通、脉脉相连的。倒是"心"可能存在某种差异。简言之，在叶芝那儿的心，停留在某个单向的维度，即它只和某种精神相关，是单向度的"心"；而在维特这儿的心，按照巴特的解释，心是欲望的器官，它会压抑消沉或心花怒放。别人，或是对方会怎样对待我的欲望？这种忐忑不安的心境就聚结了心的所有活动，所有"问题"。换言之，巴特所解释的心有着两个维度：精神的维度与欲望的维度，心是两个维度的统一。

这样看来，是不是叶芝弄丢了一个维度，而让艾略特觉得离普遍真理稍远？

但黄昏总会来临的，叶芝也会真正的"老了"，毛德·冈也会真正的"老了"。黑格尔十分赞赏这样一个比喻："密涅瓦的猫头鹰要等黄昏到来才会起飞。"密涅瓦即雅典娜，希腊罗马神话中的智慧女神；栖落在她身边的猫头鹰，是思想和智慧的象征。叶芝在黄昏时也会等来他的智慧，以及他用智慧寻找的另一个维度：上帝赐予他的双向度的爱情。

　　黄昏时的叶芝，会忍俊不禁地想到毛德·冈对他的十几年的单相思的调侃吗？冈说：诗人永远不该结婚；他可以从他所谓的不幸中作出美丽的诗来；世人也会因为她不嫁给他而感谢她。

第五章
里尔克：在峭壁与激流之间寻找沃土

1. 故乡之歌

他是发誓要离开布拉格的。他在这儿出生，在这儿度过童年，度过青春期。他21岁了。他对布拉格作最后逡巡，不是用脚，用眼，而是用文字。他写下了整整一本诗集《宅神祭品》。摩达河的波涛在文字里翻腾，圣文萨斯雷大教堂晚祷的钟声在文字里回荡，丘比特石雕在文字里泛溢出慵懒，巴洛克式的古老建筑的屋顶上花瓶与花环在文字里相互摩挲……

里尔克

但他必须告别，他不属于布拉格。布拉格太古老，太温馨，古老和温馨会编织成一根绳索捆住他的手脚，他的翅膀。他写过一首诗，《在老城》，是给布拉格的。诗的结尾他狠狠鞭挞了布拉格：

那儿蛛网交织 / 在门上。悄悄地太阳 / 读着神秘的文字 / 在一座圣母石像下方。

21 岁的里尔克（1875—1926），还没有学会眷恋故乡，还不需要想念故乡。他想着的是离开，他想找到生命该有的灿烂以及绽放灿烂的位置。他在布拉格找不到这样的位置，但他相信在宇宙中存在着这样的位置。

从他离开布拉格的那一天起，他对故乡就有了另一种诠释。或许，在里尔克看来，故乡是安放灵魂，放逐精神，让艺术起死回生并持续辉煌的所在。在这个意义上，他离开故乡是为了寻找故乡，他告别故乡是为了在大地的每一个角落去辨识故乡。正因为此，他一生都在漂泊。

青年时代，里尔克写过一首《故乡之歌》：

田野里响起诚挚的旋律；/ 不知道，我心中发生了什么……/ "来吧，捷克的姑娘，/ 给我唱支故乡的歌。"——/ 姑娘把镰刀放下来，/ 又是嗬来又是哈，——/ 便坐在了田埂上 / 唱起"哪儿是我家"……/ 现在她沉默了，眼睛 / 朝着我，双泪交流，——/ 拿着我的铜十字币 / 无言地吻着我的手。

与里尔克日后雕刻般的语言相比，这首诗或许流于浅白与平淡，但这首诗无意之中泄露了里尔克故乡奥义中的第一层：女性之美在引领着他上升，女性之美是故乡能够成为故乡的必要条件。

在漂泊之中，他第一次寻找到的故乡是俄罗斯——某种意义上，这是他终身依恋的故乡。伏尔加河浩荡宽阔，两岸一边是翁翁郁郁的森林，另一边平躺着荒原，"在这片深凹的荒原中连通都大邑也不过像茅屋和帐篷一样"。里尔克不得不感叹："土地广大，水域宽阔，尤其是苍穹更大。我迄今所见只不过是土地、河流和世界的图像罢了。而我在这里看到的则是这一切本身。"

而更让里尔克惊奇的是，《故乡之歌》中的必要条件出现了，在这宏阔苍凉的背景之中出现了他在冥冥之中期待的人：两个姑娘一身素衣，翻过山头从荒野走来……我推开窗，她俩成了奇迹，向着窗外的月夜探出头去，一身银光，月夜冰凉地抚摸着她俩发烫的脸颊。

巴黎：有何胜利可言？挺住意味着一切。

自然、人、上帝，这三个基元在这时统一起来了。在这时的里尔克看来，故乡意味着一种特别"亲近"或"紧密"的开放性中的人道现状总和。故乡是以一种启示的形象出现的，始终处于被感情奉为神圣状态之中的存在整体。

　　他对俄罗斯人说：我一看见你们的故乡，就觉得它不是陌生的异乡。对我来说，它是故乡，是我所见到的第一个有人生活的故乡（除此之外，所有的人都生活在异乡，所有的故乡都杳无人迹……）。

　　如果说，俄罗斯给了里尔克一种近乎完美的人道现状总和，给了他一种别致的欢乐而让他视为故乡的话，那么，巴黎则刚好相反，巴黎给他的是近乎无边的苦海，给他的是现代城市喧嚣和无处不在的恐惧，给他的是生存强度达到最极限的无奈。巴黎是一种苦难，但苦难也可以成为一个人的故乡。里尔克在巴黎生活了十二年，这十二年里最重要的岁月是他跟着罗丹的岁月。他信奉着罗丹的信奉：工作，工作，还是工作。巴黎没有现成的奶酪给他，但巴黎给了他语言，另一种语言，像罗丹的雕塑一样具有空间向度的语言，字与字、句与句、段与段都像罗丹手拿锤子凿出来的一样，线条或柔或硬，线感或疾或徐，但整体上又都充满沉浮之感。

　　"有何胜利可言？挺住意味着一切。"这句诗是他在巴黎时写给一位诗人的，但其实也是写给巴黎的，写给他在巴黎站立或跪着的生存姿态的，写给一段让他终身回首的巴黎岁月的。在巴黎，没有胜利者。但意味深长的是：没有胜利者的巴黎却成为他晚境回忆中最幸福的时光。

　　他离开巴黎，就像离开布拉格一样。漂泊是他的宿命。作为一个诗人，里尔克最本原最重要的体验是在喧嚣尘世间的孤独感。如果一个地方不能够庇护他的孤独，或孤独感，他或迟或早会离这个地方而去，他不会把这个地方视为故乡。对里尔克而言，庇护他孤独感的地方即为故乡。

　　杜伊诺庇护了他，让他创作出足以与艾略特《荒原》、瓦雷生《海滨墓园》相比肩的《杜伊诺哀歌》；普罗旺斯庇护了他，让他顿悟某种艺术中的平衡，让语言变成了莫奈那样的色块和线条，他写了以莫奈绘画为题的《阳台》、《读者》；慕佐庇护了他，让他更深地去体验自然，去参悟生死荣辱，他在慕佐写下《玫瑰》诗集，写下那首《玫瑰，哦纯粹的矛盾》，诗只有短短三行：

玫瑰，哦纯粹的矛盾，欣喜，

在如此多的眼睑下作

无人之眠。

它成为经典，也成为他的墓志铭。

在玫瑰的叶瓣光影之中，在玫瑰的香气氤氲之中，在蓝天之下的黑色大理石墓碑的挺立之姿中，"在一块自己的沃土，激流与峭壁之间"，一个关于故乡的悖论也缓缓浮现：它不仅仅是思念，同时也是告别。故乡就是被我们用来告别的。里尔克最喜欢的一个写作姿态就是和告别相关的：把左手轻轻地搭在右肩上，这是古希腊阿提卡墓碑上镌刻的朋友生死离别时送行的手势。在这个意义上，他所完成的告别之所，他的足迹所到之处，他放下的所有地方，他的肉身所栖居的这个世界，皆是他的故乡。

2. 谁是那铁栏杆中的豹

豹

——在巴黎动物园

它的目光被那走不完的铁栏

缠得这般疲倦，什么也不能收留。

它好像只有千条的铁栏杆，

千条的铁栏后便没有宇宙。

强韧的脚步迈着柔软的步容，

步容在这极小的圈中旋转，

仿佛力之舞围绕着一个中心，

在中心一个伟大的意志昏眩。

只有时眼帘无声地撩起。——

于是有一幅图像浸入，

通过四肢紧张的静寂——

在心中化为乌有。

  这首《豹》是里尔克大量的"物诗"中的代表作，也是现代主义诗歌史绕不过去的一座高峰。何谓"物诗"？就是说引发、触动诗人的"不再是'生命'及其标志上帝、爱情和死亡引起的那种普遍的、全面铺开的激动心情，而是界划清楚、各自为营的东西：艺术品、动物、植物、历史人物、传奇人物和圣经人物、旅游观感和城市……"（霍尔特胡森《里尔克》第133页，生活·读书·新知三联书店，1988年）在"物诗"中，物是客观呈现的，它力求避免喟叹和呐喊，避免煽情和沉吟。物有多沉默，它就有多沉默；物是怎样存在，它就怎样存在。它的出现，与里尔克目睹罗丹是如何雕塑物、创造物大有关联，里尔克曾说：创造物来，不是塑成的、写就的物——源自手艺的物。

  《豹》出现了。豹就是豹。它首先是豹，不折不扣的豹。

  不折不扣的豹是《豹》的表意结构。在表意结构中，一只豹，一只被捕获、被豢养、被囚禁的豹，回不到它纵横驰骋过的草原或荒野、森林或山壑之中。它被注视，被观赏，被训斥。它的强韧亦即柔软，它的蛮力亦即昏眩，它曾睥睨一切的眼帘，即使此刻撩起，亦不复与吞噬相关，而只和静寂相关。一个曾经强悍的，而此刻只和紧张无奈甚至恐惧相伴的生命——它彻底具有了生命的虚无性：化为乌有。

  复杂的是《豹》的隐意结构。它不再是豹，或者说，谁是豹？

  在骆宾王的《在狱咏蝉》中，骆宾王就是那只蝉；在苏轼的《水龙吟·杨花》中，那被离弃的少妇，就是泥淖中的杨花。《豹》中，谁又是那只豹呢？

袁可嘉先生是这样解释《豹》的隐意结构的，他以为："与其说是在描写关在铁笼中的豹子的客观形象，不如说是诗人在表现他所体会的豹子的心情，甚至还可以说是他借豹子的处境表现自己当时的心情。这里的拟人化自然是常见的艺术手段，但以常情判断，一只关在笼中的豹子即使变成人来比喻也不可能有这样复杂的心情，显然是里尔克深入发掘自我的结果。"换句话说，这儿的"豹"即里尔克的自画像，里尔克就是那只被千条铁栏所囚禁的豹。

布卢默（B.Blume）的解释与袁可嘉相近：诗人自己的灵魂在其被隔绝的监狱中自我折磨的象征。

里尔克的研究者施塔尔（August Stahl）却从诗的表意结构与隐意结构统合处看到了另一种基调，另一种景观：自然的生存空间要么丧失，要么受到威胁，这是世纪之交的一个重大题目。

希佩（R.Hippe）则认为：这里借豹道出了存在。希佩在"豹"之上看到了存在的虚无及无意义。

这一系列对《豹》隐意结构的阐释都有其合理性。艺术的趣味性也正在于此：最客观化的"物诗"，却给主观化的解释提供了最广阔的阐释空间，提供了最丰富的多层次多向度的精神维度。

或许还有一个入口进入这首诗的隐意结构，即把这首诗与里尔克的精神危机结合在一起予以考察。此刻的里尔克，对巴黎充满了恐惧，充满了不信任。他看到的人都变得极其不真实，都像戴着面具在这个城市的街衢巷道行走，都每时每刻在算计着别人又被别人算计。人的情感为假，人的心灵为假，人的精神为假，人构成的世界就是冷漠和荒芜。人，就是囚禁人的千万条铁栏。既然人是不真实的，那么，还有什么是真实的呢？里尔克发现了"物"。只有物是真实的，是纯粹的、本真的存在，他想回到物，回到物的真实。一个诗人，一个艺术家是不能想象倘若没有真实他该怎样去创造，去活着。

那只豹终究是回不去了，回不到它的森林，回不到它的丘壑，紧接着的问题是：我们能回去吗？人的历史或许是不停地远离动物的历史，但人的历史在 21 世纪对这一远离作出了某种质疑：在更本质的意义上人应该在自然中生活，在与自然的拥抱中生活，在这个意义上，人的历史或许也应该是回去的历史，哪怕有回去的愿望也比没有回去的愿望要伟大得多。

3. 爱情的逻辑就是无逻辑

像想象叶芝与毛德·冈的爱情场景一样，我也想象里尔克与莎乐美的爱情场景。1897 年 5 月，慕尼黑，玫瑰与啤酒一块儿吐沫的季节。21 岁的里尔克与 36 岁的莎乐美相遇、相识，像火星一下子撞上了地球。

莎乐美

叫我姨。不叫。

叫我姐。不叫。

里尔克倔强地抿紧了 21 岁的唇，似乎他的唇只为吻而开启。

莎乐美说，我比你大 15 岁。

里尔克仍然抿紧他的嘴、他的唇，他在心里嘀咕，16 岁的卢梭可以爱上 28 岁的瓦伦丝夫人，21 岁的我为什么不能爱上 36 岁的安德烈亚斯·莎乐美夫人？

莎乐美是这样一个人，被尼采追求过，但她拒绝了。尼采的上帝死了是不是与她的拒绝有关，不知道。她与弗洛伊德关系融洽，深受弗氏思想的影响。与里尔克相识时，她的小说《露特》已获得巨大声誉。此时的里尔克难以搞清，他是爱上莎乐美这个人还是爱上莎乐美身披的光环。但他反正是疯狂地爱了。

5 月相识，6 月他就给莎乐美写了这样一封信，他在信中对她的称呼由亲切的"您"变成了炽热的"你"：

我要通过你看世界，因为这样我看到的就不是世界，而永远只是你，你，你！……

只要看到你的身影，我就向你祈祷。只要听到你说话，我就对你深信不疑。只要盼望你，我就愿为你受苦。只要追求你，我就想跪在你面前。

里尔克在这里以不加掩饰的宗教方式对这位慈母般的女性"顶礼膜拜"。爱恋崇拜的欲火越烧越旺，燃成了神秘主义的烈焰。

1897 年夏天，一首表面上献给上帝而实际上献给莎乐美的诗诞生了：

熄掉我的眼睛

熄掉我的眼睛：我能看见你，
堵住我的耳朵：我能听见你，
没有脚我能走向你，
没有嘴我还能对你起誓。
折断我的手臂，我抓住你
用我的心如一只手，
捂住我的心，我的脑子会跳动，
你给我的脑子扔进一把火，
于是我将在我的血液中背着你。

这首诗，热烈而妖娆，像晴空下的樱花。樱花花期短暂，里尔克对莎乐美的爱却漫长而持久，时而如瀑，时而如泉，时而如流，时而如荒原中的季节河，有过间歇，有过停顿，但终极意义上，总在流淌。

隔着一百多年的时间，我们难以理解里尔克的那个时代，难以理解那个时代给予里尔克的爱情，在随后的日子里，1899 年、1900 年里尔克两度与莎乐美结伴深入俄罗斯的腹地。在1899年的俄罗斯之行，里尔克与安德烈亚斯夫妇同行。在1900年的俄罗斯之行，只剩下莎乐美与他两人。从现有的史料来看，安德烈亚斯是知道里尔克对莎乐美的那份情愫的，但他没有表现出任何的诧异或反对。

或许，在里尔克看来，爱情的任何逻辑和模式都是可疑的。所以，在爱情中，他不讲任何逻辑或模式。如果有什么逻辑和模式，那就是里尔克自己在创造某种逻辑或模式。

在他一生漫长的爱情履历中，他曾经走过两个极端。一个极端，是对男性身体的热烈讴歌，诗中形象化的语言无视欧洲社会最使人尴尬的禁忌，毫无顾忌地跨越了鉴赏趣味的所有界河，以致整整四十多年没有一个人能鼓起勇气将其公之于世。另一个极端，是对身体的极度漠视、无视。他与茨维塔耶娃的爱就是如此，他们仅仅通过信件、文字去表达他们的爱。他们比柏拉图还柏拉图。

里尔克给茨维塔耶娃这样的爱：

> 我们彼此相触。用什么？用翅膀。/ 我们相隔很远地在连亲。/
> 诗人孤独。带诗人来的那个人 / 有时会与承载者相逢。

茨维塔耶娃还给里尔克这样的爱：无唇之吻，无手之抚。她要的是分离而不是相聚，她一生之中从未见过里尔克，也不想见里尔克。因为她觉得，一旦相聚，离诗就一公分远，一公里远，一光年远。

第六章
茨维塔耶娃：孤独地屹立于诗歌与爱情之中

　　玛丽娜·茨维塔耶娃（1892—1941）的诗歌命运与张爱玲的小说命运有几分相似：都是生前有一定名望，都是在其身后声誉日隆。她是在20世纪渐近尾声时，才被一致公认为俄罗斯的大诗人，是与里尔克、帕斯捷尔纳克比肩而立的大诗人。布罗茨基赞赏她，苏珊·桑塔格赞赏她，她是一个伟大的复活者。茨维塔耶娃不属于一个时代，而属于所有时代；她不属于一个国家，而属于所有国家。她蔑视市侩的物质

茨维塔耶娃

主义，她孤独地屹立在诗歌中，孤独地屹立在她的爱情中，孤独地屹立在那一页翻过去的历史中。她役使语言，但又被语言所役使，她是语言的主人，也是语言的奴仆。她的生命不为别的而降生，而仅仅只为语言，只为诗歌，只为她日日夜夜歌唱的爱情。

1. 沸反盈天的青春

青春（之二）

从一个少女一下子变成了巫婆！
青春啊！让我们在前夜告别。
让我们在寒风里站立片刻。
我的黧黑的青春！请你把姐妹慰藉！

让你的深红色的裙子闪烁光芒，
我的青春啊，我的黧黑的小鹁鸪！
我的心灵的贪得的欲望！
我的青春啊！跳舞吧，安慰安慰我！

挥舞起你那蔚蓝色的披肩，
我的放肆的青春啊！我们两个
已经放肆够了！——跳吧，来个沸反盈天！
我的金子般的青春！——别了，我的琥珀！

我不是无缘故地握着你的手，
像同情人一样，我同你别离。
从内心深处迸裂出来的——
我的青春啊！——去吧，投到别人怀里！

    在这首《青春》中，有关青春的那些关键语词似乎都有了：欲望、放肆、沸反盈天、迸裂、别离以及反叛——去吧，投到别人怀里！

    青春是童年的自然延伸。茨维塔耶娃的青春的形态，一种爱的姿态，从某种意义上也可以直接追溯到她的童年。她在童年时就迷恋上了达吉雅娜与奥涅金，但她不迷恋达吉雅娜的清纯，不迷恋奥涅金的飘逸，她迷恋的是那种"不可能的爱"，无法实现的爱，一种爱的悲剧形式。如她自己所说：我所看的第一幕爱情戏（达吉雅娜与奥涅金）注定了我以后的一切，注定了我拥有的是不幸的、非相互的、不能实现的爱的全部热情。从这一刻起，我不认为自己是幸福的，注定自己没有爱。

在少女时代的茨维塔耶娃看来，男人是没有身体的，只有灵魂。那时的她，是个身体与精神二元分裂论者。她与那些富有爱情经验的男人周旋并纠结。她想控制男人却往往被男人所控制。她播种愉悦，却收获痛苦。在致尼伦德尔的《十二月与一月》中，她写道：

十二月的黎明真幸福，

它持续了——一瞬间。

真正的第一个幸福

不打书里出现！

一月的黎明真痛苦，

它持续了——一个小时。

真正的、悲伤的痛苦

就在第一次！

某种主观感受与时间长度刚好悖反：一瞬可能是幸福，一个小时却可能是痛苦。时间在这里扮演了一个可疑的角色：十二月过渡到一月，它如此重要吗？对俄罗斯的冬天而言，它不是从雪过渡到雪，从冰过渡到冰吗？或者，一瞬间与一个小时，它们的差异性究竟是时间的实体，即秒针和分针所转动过的那些实际的圈，还是仅仅只是来自诗人自身的主观性之中呢？我愉悦，一小时短过一瞬；我痛苦，一瞬长过一小时。在这时，时间的长度恰恰是不牢靠的，如同茨维塔耶娃追逐的爱情一样。艾略特也有一首关于时间和爱情的诗，《杰·阿尔弗莱特·普鲁弗洛克的情歌》。在名为"情歌"的诗中，缺席的恰恰是爱情，被质疑的也是时间在爱情中的存在："我是不是敢 / 扰乱这个宇宙？ / 在一分钟里还有时间 / 决定和修改决定，过一分钟又推翻决定。"

从进入青春时代的那一刻起，茨维塔耶娃就是一个敢于扰乱宇宙的存在物。老爷子想让她淑女，让她不辱书香门第，让她像所有俄罗斯贵妇人一样学习烹饪，学习管理家务。但她学会的是抽烟，剪短头发，穿高跟鞋，别说烹饪，连甜菜和胡萝卜都分不清。离淑女，她渐行渐远，越来越远。

更叛逆的，是在她的青春末期，她要以她的方式向萨福致敬。她致敬的第一人是阿霞·屠格涅娃，屠格涅夫的侄孙女。她迷恋屠格涅娃"版画似的手"。

茨维塔耶娃雕像

但这迷恋在茨维塔耶娃一生中仅仅占了一瞬、一分钟，而占了一小时甚至整个一生的，是她对索菲娅·帕尔诺克的痴情与挚情。

帕尔诺克，出身于一个犹太中产家庭，比茨维塔耶娃大七岁。写诗，写儿童故事和文学批评，还翻译波德莱尔。她鲁莽，像小男孩；她嗓子嘶哑、粗犷，像茨冈人；她又温柔，像她所翻译的波德莱尔一样，有一种蔓延于骨子里的忧郁的温柔。

茨维塔耶娃深深地、无可救药地不顾丈夫的感受与存在，爱上了像波德莱尔一样渗透出温柔、渗透出忧郁、渗透出某种野蛮和恶的帕尔诺克，并将这爱贯穿其一生，贯穿在许多怀念的形式中：说话、诗以及冥想。

茨维塔耶娃写给帕尔诺克这样的诗句：

比恶更恶，比锐利更锐利，
你打哪个岛屿①上——给载来？

2. 你的名字及你们的名字

献给勃洛克的诗

你的名字是捧在手心里的小鸟，
你的名字是含在舌头上的冰，
是双唇微微的张翕。
你的名字是由五个字母缀成。
是在碧空中接住的小球儿，
是衔在口中的银铃。

是石头投进静谧的池塘之中，

---

① 意指希腊列斯博斯岛，同性恋诗人萨福的故乡。

是呼唤你的时候那样悲哽，

是深夜里马蹄的轻微的嗒嗒声里

你的清脆的名字在轰鸣，

是呼唤着你的名字——

犹如扳机对准我们的太阳穴清脆响声。

你的名字，——噢，呼唤它万万不能！——

你的名字是对双眸的亲吻，

是纹丝不动的眼帘的温柔的寒冷，

你的名字是对白雪的亲吻。

是凛冽的蔚蓝色的清泉，

心里装着你的名字——深沉啊睡梦。

    同为从俄罗斯流亡出去的纳博科夫，在其《洛丽塔》开篇对名字的那种音节把玩，那种对名字兴趣盎然的解读，或许受过茨维塔耶娃这首诗的影响。

    但我并不以为这首诗仅仅是给勃洛克的。广义上而言，是献给勃洛克们的。勃洛克是复数，而不是单数。勃洛克们构成了茨维塔耶娃对爱情想象的无穷无尽的源头，构成了存在于她想象中的爱情形态的摇曳多姿。

    与勃洛克，她只想扮演一个仰慕者的角色。她只想远远地、从远方仰慕他："女人应该狡黠，/沙皇应该统治，/而我应该赞美/赞美你的名字。"她从遥远的莫斯科隔着一整个欧罗巴喊话："我爱你爱得整夜失眠，整夜失眠我把你倾听——/那时候克里姆林宫敲钟的人/已经苏醒……"她明白，她的爱情在纸上、在诗中而不在现实中："可我的河——跟你的河，/可我的手——跟你的手，/无法汇合，我的欢欣，朝霞/与晚霞相逢要等到什么时候？"

    与沃尔康斯基，她获得了一生中最好的友谊。她说，她一生中只有三个朋友，第一个是沃尔康斯基，第二个是帕尔诺克，第三个是帕斯捷尔纳克。她说，当您离开他走出来以后，您会忘记您多大岁数，城市也会忘记，连世纪，连日期。她写了组诗《门生》献给沃尔康斯基。

与曼德尔施塔姆，她要显示她的强悍。她俯视曼德尔施塔姆：我喜欢曼德尔施塔姆漫无头绪，软弱无力，混乱不堪，有时纯属无稽（试一试仔细研究他诗作的任何逻辑！）和每一行不变的符咒。她要在曼德尔施塔姆的软弱中凸显她的桀骜不驯："我将告诉上帝，／说我曾爱你，小男孩儿，／胜过爱荣耀，胜过爱太阳。／她叛逆成性，她不会向任何力量任何人屈服。"

> 既然我像妻子——我的头巾在哪里？
> 既然我像寡妇——我的亡夫在哪里？
> 既然等待未婚夫——为什么不失眠？
> 我活得就像少女王——我无法无天！

在 1916 年，在与曼德尔施塔姆诗作往来的这一段时日，茨维塔耶娃在诗歌形式上大胆创新，又努力尝试着建立某种新的形式。句式活泼多变，不受格律的框囿，但内在的节奏却又讲究和谐，讲究多变中的统一。一般而论，在其这一阶段的诗歌外貌中，它接近于歌词。茨维塔耶娃在 1935 年回望这一阶段的诗歌实践时曾说：照我来看，这应当说是——歌唱，这样的例子很多，足以构成一卷。茨维塔耶娃的这一艺术实践告诉我们：诗不应该离歌太远。

与帕斯捷尔纳克，或许还可以加上里尔克，她则是个不折不扣的柏拉图主义者，从 1922 年始，她就与帕斯捷尔纳克建立了通信联系。通信整整持续了十四年，有一百多封信。在信中，她与他讨论一切，宗教、哲学、奶粉以及爱情。纸上的爱情，却辣味十足，火药味十足。

帕斯捷尔纳克写道：你竟然是个——女人，真令人惊奇！像你这样的天才，实在罕见！我爱你，难以遏制地爱你，永远爱你，爱到天长地久，竭尽所能，我不想说我亲吻，那是因为亲吻是情不自禁的，意志控制不了的，因此，这样的亲吻我从来没有见过。我把你奉为女神。

而更令人称奇的是，1926 年，里尔克加入了她与帕斯捷尔纳克的通信行

47

列，三个人形成了一个三角，茨维塔耶娃不顾帕斯捷尔纳克的感受，开始猛追里尔克，帕斯捷尔纳克尽管醋意盎然，但这一三角关系却依然稳定地保持着。稳定这三角关系的内在力量，与其说出自帕斯捷尔纳克的大度与克制，倒不如说来自于诗，来自于三人都站在了诗的同一纬度上，同一高度上。华山论剑，他们在华山之巅。

1926 年 5 月，里尔克致信茨维塔耶娃第一封信，随信寄出了他的《杜伊诺哀歌》，并在书的内页还赠茨维塔耶娃一首诗：

> 我们彼此相触。凭什么？用翅膀。
> 打远方我们捎来了自己的血缘。
> 诗人孤零零。把他送来的那一个，
> 与负重的时光相遇。

里尔克诗中的远方，是一个思辨着的远方，一个方程式一般的远方，一个与"这里"、与肉身的寄寓之所相对并相离的空间所在。

远方，是用来思念的，如果不能够用来思念，远方又有何价值？在思念的意义层面上，离开肉身寄寓的空间，能够被用来思念的空间即为远，即为远方。

他们，三个人，三个 20 世纪最伟大的诗人，都对这样一种远表达了足够的敬意和畏惧。茨维塔耶娃与里尔克从未相聚，茨维塔耶娃与帕斯捷尔纳克通信十四年，只在巴黎见过匆匆一面。他们就是为了远而组成了一个三角，他们就是为了远而有了最亲近的感觉、一体的感觉：一种神秘的生命意志与他们同在，诗与他们同在。

3. 上升与下降：在大地与天空之间

茨维塔耶娃喜欢山，不喜欢海。她有《山之歌》，而没有《海之歌》。

和茨维塔耶娃一样的是，我也喜欢山。和茨维塔耶娃不一样的是，我也喜欢海。

　　茨维塔耶娃喜欢山的理由，和一个叫罗泽维奇的人相关；而我喜欢山的理由，和人无关，或者说，和具体的人无关，只和青春相关，和青春的日子相关。

　　远山如烟，钢蓝色的，蓝中透出一种冷，一种脆，似乎它是一根被称作"蓝色勿忘我"的冰棍横在天际，横在你的目力最极端处。近山则很实在，像一堆柴堆在你的眼前。你漫步，或者你大步，在山径上下降或上升，你才发觉山并不实在。它总是让你惊讶，让你猝不及防。夏日正午的山岗尤其如此。暑气在山脚下的河谷里蒸腾，漫漫也慢慢升起，缭绕山的腰际之处及往上。往暑气弥漫处走，泥土发烫，但会突然在一个拐弯处变凉；砟石发烫，但也会突然在一个拐弯处变凉，烫或凉的感觉及景物似乎都是熟悉的：栎树、云杉、狗尾巴草，但突然不可思议地在山垭口出现了一棵野柿子树。柿子小、瘦、硬，疏朗地挂在枝干上。它离成熟还很远，它离它山脚下庞大的家族也很远，它就这么孤单地长在山垭口，孤单地兀然地出现在你面前。猝不及防，你被撞了，撞你的是野柿子树，撞你的也是湮塞于胸中的一种情感。

　　茨维塔耶娃在《山之歌》中抒发的正是这种情感，正是这种被山、被山中的某种物撞了一下的情感。

　　"那座山曾经是个大火炉。""像流动的干燥黏土……山喷发出汹涌的岩浆，爬行如熔岩。"它还时时发出威胁："到时候……每座山都成为各各他①。""山感到痛苦，替忧虑的狗忧虑，/狗绕来绕去迷失了足迹。""山不停地说话（而血液像恶魔一样／在身体里面汹涌奔突）。山不停说话，我们俩沉默不语。"

　　在"我们俩"出现时，山转换了，山不再是山，或者，不仅仅是山，山是山，又非山。

　　茨维塔耶娃在这时不是被山、被山里的物撞了一下腰，而是被人、被山

────────────

①　各各他，地名，位于耶路撒冷城外，为基督殉难处。转义为痛苦源泉。

所喻示的人撞了一下腰。

这首诗是写给罗泽维奇的。这个人不是被茨维塔耶娃引为朋友的人，但或许是她生命中最为重要最为特别的人之一，可以说，罗泽维奇引发了她一生中最强烈的激情。

她这样写她与他的猝不及防的相识，罗泽维奇是她山垭口的野柿子树：

"……我跟另一个人挨得很近（昨天！）：几乎嘴唇挨嘴唇。两个人一起整个晚上心情激动。首先是我激动，随后感染了他。他正在读一本书，我俯下身子，心脏几乎停止跳动：头发快要贴近嘴唇。他要是把头抬高百分之一毫米，我就来不及躲开了。我把他送到火车站，两个人站在月光下，我握着他的手，发觉那只手像冰一样凉，嘴已经说过再见了，手却仍然没有分开……"

她这样咏叹她与他关系的巅峰：

"……您在我身上创造了奇迹，让我头一次感受到天与地的统一。哦，认识您之前我就热爱大地——热爱树木！"

热爱大地、热爱树木的茨维塔耶娃写出《山之歌》，写出她艺术生命中最优秀的长诗之一，是再自然不过的事。

然而，山就是这么一种奇怪的存在。山是一个中介，它承载了由大地而上升的泥泞及沉重，由天空而下降的飘逸和神秘：

它在大地和天空之间。

苦难往往来源于山峦，

山峦和苦难——永远相伴。

茨维塔耶娃与罗泽维奇的爱情确实也如山一样：有着泥泞、沉重和叹息，有着飘逸、浪漫和神秘，但最终的结果是：山本身也将不复存在。

可怜的茨维塔耶娃，为什么不去喜欢海呢？不去尝试着喜欢海呢？她与海，有着根深蒂固的隔膜与距离，她写道：

"我凝视着大海——从远到近，我把双手放到海里——但它的一切不属于我，我的也不属于它。不能融合和合流，它能成为波浪吗？"

　　她与加缪刚好相反。那位现代主义大家加缪是多么热爱大海啊：大海的每一道波浪都是一次承诺，无数道波浪，就是无数次承诺。是的，大海；是的，承诺；在茨维塔耶娃的爱情生活中她最缺少的不是激情，不是爱慕，甚至不是缠绵和午夜时分的棕榈树，而就是承诺，就是——大海。

　　　　　　　　　　　　　　　　　为什么不？大海的每一道波纹都是一份承诺。

第七章
那条名字叫聂鲁达的河

巴勃罗·聂鲁达（1904—1973），智利人。1923年，发表诗集《黄昏》，1924年，发表成名作《二十首情诗和一首绝望的歌》。1971年获诺贝尔文学奖。在他的诗作中，既可窥见波德莱尔等法国现代派诗歌的浸润，又可见惠特曼式的粗犷，而西班牙民族诗歌的传统、智利民歌的特点，也可在其作品中找到某种轨迹。爱情与政治是其诗歌的两大主题。加西亚·马尔克斯以为聂鲁达是"二十世纪所有语言中最伟大的诗人"。

聂鲁达

1. 河流在你的身上歌唱

聂鲁达写道：一条河——英皮里尔河——和它的河口启发了我的写作。

我见过那条河，英皮里尔河，我没到过智利，但我仿佛见过那条河。南美大地上的河，发育时只是一脉细流，但南美充沛的雨水很快使它浩荡奔腾起来。它撞开丛林，撞开崖石，它变得茁壮，它等待每一个雨季，而每一个雨季都让它更加苗壮。它像桑巴，或者说，桑巴像它，奔放、热烈、无羁无绊，还神秘，还散发着荷尔蒙的气息。它粗鲁。

一条粗鲁的河。在这条粗鲁的河边，有了乡巴佬聂鲁达粗鲁的青春期。

夜色朦胧，覆盖大地，覆盖麦秸垛。干了一天农活的聂鲁达累了，他在麦秸垛上入睡。似睡非睡，似梦非梦，星星在向他靠拢，一双手、一个温暖的身体，也在向他靠拢。他在河里，那双手在摸河里的鱼。他的衣服被解开。他不知道要发生什么，但似乎又在等待着什么。河水淹没了他，他像河一样汹涌澎湃。在晚年，在他回忆那个麦秸垛上的夜晚时，他都记不清晰，他是不是叫了一声：英皮里尔。一个男孩就这样变成了男人。

一个守财奴不能为他失去的金钱而歌唱，但聂鲁达可以为他失去的童贞而歌唱：

> 姑娘，大地在你的身上歌唱，黄昏落入你的眼睛。
> 姑娘，河流在你的身上歌唱，我的灵魂从河中逃离。

2. 多好的寂静

我喜欢你是寂静的

我喜欢你是寂静的，仿佛你消失了一般。
你从远处聆听我，我的声音却无法触及你。
好像你的双眼已经离我远去，
如同一个吻，封缄了你的嘴唇。

如同所有的事物充满了我的灵魂，
你从所有的事物中浮现，充满了我的灵魂。
你像我的灵魂，一只梦的蝴蝶，

你就是忧郁这两个字。

我喜欢你是寂静的，好像你已远去。
你听起来像在悲叹，一只如鸽悲鸣的蝴蝶。
你从远处听见我，我的声音无法触及你。
让我在你的沉默中安静无声。
让我在你的沉默中，与你对话，
你的沉默简洁如一盏灯，单纯如指环。
你就像黑夜，拥有寂静与群星。
你的沉默是星星的沉默，遥远而明亮。

我喜欢你是寂静的，仿佛你消失了一般。
遥远且哀伤，仿佛你已经死了。
彼时，一个字，一个微笑，已经足够。
而我会觉得幸福，因那不是真的。

多好的寂静啊，粗鲁的乡巴佬聂鲁达，像所有告别了青春期的男孩一样，忽然特别喜欢寂静的女孩。

想象一条河吧，它在峡谷里横冲直撞，它在峭壁处飞流直泻，现在，它来到平原上了，它忽然就变得沉稳、寂静。它努力让自己辽阔起来，事实上它也辽阔起来了。这辽阔而又寂静的河，是此时的聂鲁达对自己人生的期冀，也是他对爱情的一种期冀。他来到了城里，他读大学，他没日没夜地看书，他瘦削、沉默，还忧郁。他遇到了和他一样沉默的女孩阿尔贝蒂娜。

诗的主导语词是寂静，但在修饰这寂静时，聂鲁达并没有用具象去修饰这寂静，没有用针落地的声音，没有用青蛙体内血流动的声音，没有用万籁俱寂，没有用蝉鸣林更幽，没有用润物细无声。聂鲁达是用抽象去描摹抽象，用抽象的"仿佛你消失了一般"去描摹抽象的寂静，用抽象的"好像你已远去"去描摹抽象的寂静。在这样的描摹中，寂静就像许多抽象的语词一样，有了无限膨胀的外延，就像沿着"果园"的抽象，我们去遐想梨、樱桃、菠萝蜜一样。

但这寂静肯定不是瓦雷里的《海滨墓园》所抒写的"神明的宁静"，不是聂鲁达晚年在被流亡的黑岛上所感受到的那种寂静，不是印度诗哲泰戈尔这一番话所隐含的寂静——我想起浮泛在生与爱与死的河流上的许多时代，以及这些时代的被遗忘。泰戈尔的意思是，那些巨大的事物被遗忘，是一种更深刻更彻底的寂静。

在聂鲁达青涩未退的二十郎当岁时所追逐的寂静，它其实是一种喧闹。阿尔贝蒂娜，用她所戴着的"沉默"的面具，制造了许多喧闹。他们一起上图书馆，一起做作业，一起看电影。他们近距离地占有彼此，占有那些只有他们两人才知道的秘密。"所有的事物"其实只是他们两人占有的那些事物。

痛苦在于，阿尔贝蒂娜始终与聂鲁达若即若离，让聂鲁达沉浸在似爱却非爱的迷惘之中。所以，才会有"你从远处听见我，我的声音无法触及你"的慨叹，才会有那么可怜巴巴的乞求：彼时，一个字，一个微笑，已经足够。聂鲁达与阿尔贝蒂娜的实际交往只有短短的几个月，但从 1921 年至 1932 年，十年时间，聂鲁达给阿贝蒂娜写了一百多封信。果真是如聂鲁达自己所写：爱，那么短；遗忘，那么长。聂鲁达践诺了：你从所有的事物中浮现，充满了我的灵魂。

3. 一条受伤的河

河还有一个侧面，一个隐秘的侧面，河会受伤。马受伤后会卧槽或者在草原上狂奔。河在受伤后会暴戾，会在不是河的领地去泛滥去拓展，或者相反，找一块平坦的地域，浅浅地呻吟，去展示水无与伦比的温柔。

聂鲁达，这条河，也受伤过。

特蕾莎，一个柔情的名字，一个残酷的名字，一个给了他终身思念的名字，一个活生生将一条河撕裂的名字。1920 年春天，特蕾莎走进了他的生活。她与他是同乡，同为智利南方特墨科人。他给特蕾莎寄去自己的照片，并写道：现在是晚上，我刚刚回来。在这挂满星星的夜晚，我有多少话对你讲。你在做什么呢？我在忙呢。寄一张很丑的照片给你，你喜欢吗？照得有点走形。你会给我回信吧？你爱我吗？再见。吻你，一次，两次，三次，四次，还有一次……他画了一只名叫"贝贝"的猴子给她，还说：贝贝的舞跳得棒极了，如果舞会上哪个小伙子借口跳舞想抱你，贝贝可以代替。

他和她的不幸来自于特蕾莎的家庭。他向特蕾莎求婚。但乡巴佬聂鲁达没有乡巴佬沈从文的幸运，他等不到那"乡下人喝杯甜酒吧"的电报。特蕾莎的母亲嫌弃聂鲁达乡下人的身份，断然拒绝了这门婚事。

或许我们应该感谢特蕾莎的母亲，是她的拒绝，才有了这首《迷途中等待一朵花开》，这条受伤的河在一片开阔地中的呻吟。

你从所有的事物中浮现，充满了我的灵魂。

迷途中等待一朵花开

我的爱，如果我死了而你没有。
我的爱，如果你死了而我没有。
我们不必给悲伤更大的一块田野，
再辽阔也比不上我们生活的地方。

爱情扶我上路，然后走开，
让我一生怀念。

怀念那一生的长久，
和一生的短暂。

黑色的夜里，我想看看月亮，
我看见月亮很好，就像我当初
看见你很好一样，
结束了，画一个句号，像一滴泪。

握你的手，最后握你的手，
再松手，一松手就是一千里。
我的心平静地合上，
你在外边，早晨在外边。

你和早晨是一个人，身后是泪雨天堂。
很多事情都会突然地过去，
愿你都好，一生都好。

我会准时起床，干活，吃饭。
累了，就歇一会儿；伤心了，就笑一笑。
我会和你一样，好好地，
照顾好日子和自己。

  诗以充满思辨色彩的句子开始：我死了，爱未死；或者，爱死了，我未死。残忍的是：不是两者都活着。悲伤就这样开始，无可挽回地开始。乡巴佬聂鲁达情不自禁地就想到了田野，那生长着大麦小麦油菜以及忍冬藤的田野。为什么不可以将田野置换成河流呢？那在城市和乡村同样存在的河流。我们不必给悲伤一条更宽的河流，只要它的流淌能在我们的血脉深处溅起涛声，我们就会把河流安放在我们生活的地方。

诗的第二段是矛盾修饰法，"长久"与"短暂"矛盾对立，被妥帖地结合在一起；诗的第三段使用了顶真句法，即某个句子的结尾处的语词，成为了下一个句子的中心语词，比如，"月亮"与"很好"。

诗的主题词在第三段末尾处出现了：结束了，画一个句号，像一滴泪。而第四段，只不过在深化这一主题词：握你的手，最后握你的手，/再松手，一松手就是一千里。

一千里，就是遥远，或许比遥远更遥远；一千里是个空间概念，但同样的意思，叶芝在《致时间十字架上的玫瑰》中予以了另一种表达，它和时间相关：闪过的群星下，天空的云沫下，这张孤独的脸庞永远驻留。如果把这两个语词相加就是：永远的遥远。

永远的遥远，具有某种弥漫性。它在教室、操场或卡拉 OK 的有限空间里膨胀。它是李泰祥的《告别》，在曾经同向的航行后，你的归你，我的归我；它是舒淇的《再见》，看着你的背影已走远，让我们凭记忆去想念；它是辛晓琪的《俩俩相忘》，人在江湖，身不由己，相濡以沫，不如相忘于江湖……

弥漫。并回归于聂鲁达的田野，弥漫在此时也就意味着一种河流的渗透，意味着相伴这种渗透的大麦小麦油菜以及忍冬藤的生长，意味着生活的日常形态：我们其实永远在告别。任何我所经历的时间都是我的告别。它和人物和事物无关，和爱情无关，而仅仅只和我占有过的时间有关。它们，永恒。

第八章

普拉斯: 在烈火中种植金色的荷花

西尔维亚·普拉斯（1932—1963），美国"自白派"诗歌代表诗人。"自白派"诗歌兴起于20世纪50年代。其创作主张意在对艾略特所倡导的"非个人化"写作提出某种反拨。他们往往沉浸于自己的内心，瞩目于欧洲的堕落、美国的堕落、宗族的堕落，以及个人内心的沉沦。他们笔下的世界混乱眩晕、离散、碎片化。普拉斯是这一诗歌流派最杰出的代表，也被公认为20世纪英语诗歌最优秀诗人之一。

普拉斯

1. 漂浮或凝视

普拉斯有这样一种能力：将一种漂浮之感用文字固定下来。她写冬天的树：

冬天的树

黎明的湿墨水正溶解成蓝色。

在雾的吸墨纸上，树木

像一张植物图谱——

记忆生长，环环相叠：

一连串的婚礼。

不知何为堕胎与作贱，

比女人更真实，

它们轻松地开花结籽！

品尝着没有脚的风，

深植入历史——

充满翅膀，超脱凡世。

从这点看来，它们是丽达。

哦，树叶与甘甜之母，

这些圣殇像是谁？

斑鸠的影子在咏唱，却无法抚慰。

　　冬天的树，在普拉斯的笔下，似乎不是生长在土壤的褐色中，而是生长在天空的蓝色中。树与树的缠绕相叠宛如婚礼所具有的缠绕相叠。树所具有的形态不再是白天，在我们的步履中所看见、所匆匆包容的那种形态。树漂浮起来了。漂浮起来的树，对应着的正是我们的记忆所具有的那种性质：不确定、弥漫、难以聚焦、经常以一种最近似的事物去逼近真实的事物。

　　你说，牛蛙，来自澳大利亚的野生牛蛙，巨大，蛙腿像鸡腿一样，但其实它是鸡腿；你说，没有台阶的石板桥，光滑了一千年了，而其实它是有着浅浅的台阶的；你说，芦苇，在无边的黑暗中，它仿佛就是黑暗中生长出来的，又向着黑暗的尽头铺陈而去，黑暗有多长，它就有多长，它在冬日的风中飒飒作响，如同蒹葭在《诗经》中飒飒作响，但其实它是竹林。

　　当我们说凭记忆去想念时，我们想念的是想念本身，而不是记忆。记忆漂浮着，我们抓不住它，像我们抓不住许多漂浮的物体一样，像抓不住那只苹果一样。当普拉斯说，"记忆生长，环环相叠"，她抓住的也不是记忆本身，而是记忆的那种属性：与我们的经历相关，从我们的经历派生而出，但又不是我们记忆的简单复制和粘贴。

一个优秀的艺术家、诗人或画家，还必须有一个强大的功能：凝视。对着某样物体久久地凝视，而这样的物体恰恰是普通人可能熟视无睹或匆匆掠过的。在凝视的过程中，他拥有了很重要的财富：错觉。埃舍尔的笔下，有一个人托着一个球状物体在久久地凝视着，凝视久了，他在那个球状物体中看见了自己，而那个球里的"自己"也正在凝视着托着球状物体的他。无论是托着球状物体的他，或是球状物体倒映出的他，都在画面上产生一种漂浮之感，一种无根维系的悬垂之感。

我们也可以学着凝视，去湖边或海边，凝视岛屿，那些散落在水面上的大大小小的岛屿也会在我们的凝视下漂浮起来，像云。

普拉斯像埃舍尔一样，也在凝视。对着一棵树或一群树，她久久地凝视。在她的凝视之下，是树的蓝色还是黎明的蓝色在那儿弥漫成了一个问题。她是在状写黎明还是在状写树？

她开始咏唱树，比苏轼在《杨花》词中更远地游离树，而咏唱树。她不再将笔墨倾注于树的枝干、叶瓣和颜色。她只将树的生命衍生的那种宿命和本能与人的生命的宿命与本能作一种比较。树不会堕胎，不会作贱，但它同样会呈现出生命该有的那种繁衍过程：开花、结籽！普拉斯的结论是：树比女人更真实。其实，还可以补上一句：树比谎言更真实。如果说，人类的繁衍笼罩在某种谎言之中的话，树的繁衍仅仅只需要自然力——没有脚的风。此时，另一种漂浮感油然而生：树深扎于土壤，而人却没可深扎的土壤。或许，唯有人才是一种漂浮于宇宙之中的尘埃。

让普拉斯凝视吧，不仅仅凝视树，凝视风，凝视看不透的雾，还凝视自己，凝视自己的内心——这最难的凝视。

从少女时代始，她就开始凝视自己的内心。但她的那颗像许多现代人一样乖戾多变的内心，能够等待或者能够承受一种漫长的凝视吗？她爱过许多人，在爱上甲时还爱上丙，在爱上埃迪·科恩时又爱上理查德·沙逊，她要在"骚动的极端的不同的事物中体验生活"，她的凝视只是一种充满形式意味的肢体语言。

她凝视了，却又失败了。写这首诗时，她与特德·休斯，这共同生活了六年的丈夫，情感上已出现了巨大的裂痕，比之科罗达多大峡谷更大的裂痕。她的凝视无法超越巨大的峡谷断崖。她的影子而不是斑鸠的影子漂浮在峡谷之上，漂浮在裂痕之上。她只能写道：斑鸠的影子在咏唱，却无法抚慰。

2. 假若有岸

七月的罂粟花

小小的罂粟花，小小的地狱之火，
你不伤人？

你闪烁。我不能碰你。
我将双手伸进火中。没烧着。

我看你看得筋疲力尽，
这般闪烁，起皱，红得鲜亮，就像嘴唇。

刚流过血的嘴唇。
小小的血色裙子！

有些烟气我不能碰。
你的鸦片剂在哪里？你制呕的胶囊？

63

但愿我能流血，或者睡着！——
但愿我的嘴唇能嫁给那样的伤口！

或者让你的汁液渗入我，在玻璃胶囊中，
使人钝化，安静。

可它是无色的。无色的。

　　《七月的罂粟花》，在里尔克那儿肯定被称为"物诗"，罂粟，如同里尔克笔下的"豹"。与里尔克不同的是，普拉斯离物的自然本体更远，她更执着和痴迷的是物的精神阐释，是她赋予物的韵致。或者也可以说，物是她自我的一个投影，也是她释放自我的一个平台。她的丈夫特德·休斯，英国桂冠诗人，将她的这种技法称为：严格地依赖于一个内在象征与意象超压力系统，一个封闭的宇宙马戏团。如果投射成视觉，这些诗的内容与模式就像奇怪的曼陀罗。

但愿我的嘴唇能嫁给那样的伤口！

一个可怕的，也是让人垂怜的自我在"物"中，在"罂粟"中缓慢而又坚定地释放着。

七月，太阳的芒上跳跃着火，但在诗中我们看不到太阳之火，首先看到的是阴冷的地狱之火。普拉斯以"你不伤人"的反诘式问句得出肯定性结论：这并非臆想中的地狱，而就是尘世中伤人的"地狱"。地狱不在宗教的传说之中，而就在"他者"构成的社会网络之中。

"你闪烁"。它既指向七月的太阳之下闪烁的罂粟花瓣，又指向"他者"相对于自我的不可捉摸、不可猜测。普拉斯性格中本就有着爱猜疑爱猜忌的因子。在她与特德·休斯的交往中曾有这样一个故事：某日，普拉斯看到休斯在与一个女学生谈话，她立刻妒火中烧。实际情形是休斯刚与这位姑娘说上没几句话。两位诗人在校园中大打出手。普拉斯大拇指扭伤，休斯面孔被抓了一把。

哭笑不得。人在这个世界上总会产生许多负面情绪，重要的是要把这些负面情绪管理好。但普拉斯从来就不是一个好的管理者。然而诗和生活的悖论就是，她把那些负面情绪管理得最糟糕的时候，恰恰是她的诗思最能泉涌、井喷的时候，是她能够写出"我看你看得筋疲力尽"这样的句子的时候。

"我不能碰你"是一种惧怕。普拉斯逃避着惧怕，但又热爱着惧怕。她曾经写道："热爱的唯一东西是惧怕本身。/热爱惧怕是智慧的开端。/热爱的唯一东西是惧怕本身。/但愿到处是惧怕、惧怕、惧怕。"

最能体现普拉斯语感的句子是这首诗的第六段：但愿我的嘴唇能嫁给那样的伤口！一个"嫁"字将嘴唇与伤口处理成一种并置关系，而非风马牛不相及的关系。或许，这正是普拉斯的语感风格：语言经常是从坟墓里爬出来，突然又回归于产房；刚刚还是平铺直叙，像椅背上的一个直角，突然又隐喻丛生，像是切换到月影所呈现的锐角。神经质的普拉斯，"深井冰"式的语言。她蔑视着规则、句法，却又在创造着自己的规则和句法。英语，因为她，而改变了模样。

耐人寻味的是全诗的最后一句，也是最后一段："可它是无色的。无色的。"

七月的罂粟，明明是烈焰蒸腾一般的颜色，普拉斯为什么却看成了无色；明明是火，是热，却为何成了冰，成了无？答案或许在普拉斯自己的一段文字中。在那段文字里，普拉斯深刻但又无奈地阐释她想拥有的"有"：

"……有一个偌大的半透明的湖泊伸向各方，太大而使我看不到湖岸，假若有岸的话，我会在岸上稳而快地前进，我坐在直升机里向下看。在湖底——湖很深，我只能从浮动和起伏不停的大块黑褐色的东西猜测。那东西远在人类开始住在穴洞和在火上煮肉前就在附近循环重现……"

这段文字的核心是"假若有岸"。问题的残酷在于，没有岸，亦即岸为"无"。她曾努力寻找岸，寻找"岸啊，心爱的岸，在这一个纬度告别，在另一个纬度重逢"（舒婷《双桅船》）。她以为父亲是岸，父亲弃她而去；她以为科恩是岸，科恩同样弃她而去；她以为心理学科是岸，但这个岸离她过于遥远、缥缈；她以为特德·休斯是岸，但这个岸根本无视或轻视她这艘船的存在；她以为世界是岸，人心是岸，但这个岸像一张有了图画的纸，被贴在了墙上，岸就像被裱糊出来的。

一种最深刻也是最无奈的"无"就这样产生了，在"有"中产生了，在无助无力中产生了。无色，或许就像阳光的无色一样，恰恰包孕着最丰富的颜色。

3. 时间的三个向度：过去·现在·未来

A 过去

这是冬季，这夜晚，微茫的爱——
如黑色马鬃，
粗糙而喑哑的乡下事物
镀上钢的光泽，
那是绿色星辰在我们门口投下的。

我将你抱在怀中。

很晚了。

沉闷的钟报出时间。

　　起首一句类似于电影的画外音、旁白，回忆随着旁白而缓缓展开。回忆是向着过去沉溺的一种方式。但过去是一个体量过大的存在，我们记忆里的所有东西都是过去的印证。过去是湖。然而，桨在哪里？或者，凫水？我们记忆的特性告诉我们，我们不可能保存一个完好无损的过去，我们所保存的过去总是震撼过我们或者感动过我们的断片，在时间的线性轨迹中，它只是短暂的一瞬。而桨，或凫水的姿势，就是我们抓住这一瞬的语言行为。

　　普拉斯抓住的这一瞬，是能让她感叹：多么美啊，请停一停的一瞬。马鬃、乡下、绿色星辰勾画出一个寂寥而又空阔的冬夜。夜泛射冬季特有的钢的光泽：冷、硬。但口语化的叙述却有足够多的温情，融化这冰，这冷，这硬："我将你抱在怀中。/ 很晚了。"

B 现在

这悠缓的季节，无事可做。

我转动助产士的取出器，

我有自己的蜜，

六罐子，

酒窖里的六只猫眼。

在无窗的黑暗中过冬，

在房屋的中心，

挨着上一位租户腐臭的果酱

以及许多闪烁的空瓶子——

67

某先生的杜松子酒。

这是普拉斯日常的生活形态，似乎与我们所有人的日常生活一样：冬季，像猫一样蛰伏，慵懒，喝陈年花雕，空瓶子搁在灶台上哐啷哐啷响，跺脚，呵气，或者打开空调，听空调冷凝器滴水的声音。这是生活最粗粝的一面，又是我们无法摆脱的一面。

但这首诗告诉我们，它是生活，但又不局限于生活，它在呈现生活的日常图景时，总想着不要让日常生活成为陷阱。普拉斯逡巡于日常生活，你以为在她的逡巡中你看到了你的生活，她就会淡淡地或是绝情地说：不！她要反抗的恰恰是生活的日常形态，是你自以为是的生活。

诗的结尾是："圣诞节的玫瑰尝起来像什么？/蜜蜂在飞。它们试吃春天。"

尝玫瑰，怎么尝？玫瑰的本性在于凋谢，也在于盛开，为了盛开也为了凋谢，它承受了所有日常的光、水、雾及昆虫的骚扰，因此，此在的玫瑰才能在时间之上，在神性的覆盖之中。普拉斯最终要尝的正是这样的玫瑰，或这样的花朵。如她的墓碑上所镌刻的这一句诗：甚至在烈火中能种植金色的荷花。

C 未来

未来是一只灰色海鸥
以猫的嗓音闲谈着离别，离别。
年龄与恐惧像护士一样看顾她，
一个溺水的人，抱怨这巨大的寒冷，
从大海中爬起。

怎样谈论未来，这是一个问题，始终是一个问题。

博尔赫斯在《交叉小径的花园》中反复说了这样一句话：未来提前存在。

博尔赫斯的意思是有些东西必然会到来的，而在它到来之前，许多现存的事物都在演绎着指向着它的到来。

艾略特在《杰·阿尔弗莱特·普鲁弗洛克的情歌》中对那必将到来的未来予以了一种具象化阐释："啊，确实未来总会有时间／去怀疑，'我敢吗？''我敢吗？'／会有时间转身走下楼梯，我头发中露着一块秃斑——"

艾略特的未来是普鲁弗洛克的未来，是一个个体化的未来，也是一个个体在这充满价值缺陷的生存境遇中对未来的一种担忧。这样一个个体，可以怀疑，可以在时间的流逝中发呆、感叹，但一旦付诸行动，则立刻陷入困境：我敢吗？我敢吗？暮色染上了乙醚，时间遁入了黑洞，一个个体的生命在这样的时代之中，所能做的也就是在单调乏味周而复始的生活循环中，看自己老去，看头发由俄罗斯森林演变为塔克拉玛干，看潮起潮落——在这个意义上，我们今天的庸常，不正是我们灰色未来的提前存在吗？

如果说博尔赫斯的未来沉溺于玄思，艾略特的未来充满男性的贲张和软弱，普拉斯的未来则是感性、充满女性话语的梦呓色彩。它是一幅超现实主义的绘画作品：海鸥飞翔着，在海面上；但这海鸥不是乔纳森，不会为了飞翔而飞翔，把飞翔的过程当作了飞翔的目的。从某种意义上说，这海鸥就是长着翅膀的普拉斯：倔强、脆弱、敏感、睿思，有着对生命最愚蠢的思考，也有着对生命最伟大的尊重。

第九章
伦纳德·科恩：用诗歌去演绎爱情的多种形态

伦纳德·科恩（1934—　），加拿大历史上最优秀的诗人和小说家。他同时还是一个歌手，与约翰·列侬、鲍勃·迪伦齐名，无论哪个版本的世界歌坛天王排行都有他。在唱片时代，一个巴黎女性如果只有一张唱片的话，那一定是伦纳德·科恩的。他的歌词已经进入了教科书。在科恩这里，诗歌，真正地变成了诗歌。他让诗相伴着音符影响了千千万万的普通人。他做到了"有井水处即能歌柳词"。他是 20 世纪末及 21 世纪初的世界级的柳永。

科恩

他苍凉、磕绊的歌声改变了歌坛，而他的诗、他的歌会改变当代世界文学史对于诗歌的定义吗？会重新去诠释什么是诗的内在规定性吗？

当代世界文学的诗或许不是从科恩这儿开始的，但当代世界文学的诗歌肯定从科恩这儿开始。

引　子

不够完美又何妨

> 万物皆有裂隙
>
> 那是光进来的地方
>
> ——《颂歌》

这段诗有着鲜明的伦纳德·科恩的风格：极简，充满禅意。

这段诗也可以看作爱情的箴语，它概括了伦纳德·科恩所经历的爱情，所看到的能够被称之为爱情的爱情。

爱情，要求完美，但人从他来到这个世界上始，就是不完美的。某种意义上说，具有反讽意味地说，爱情就是两个不完美的人在追求完美。爱情的悲剧意味在这时已经被先验地规定着了。

不完美，在科恩看来如同裂隙。海德格尔也谈论过裂隙，世界与大地的碰撞造成裂隙，而裂隙正是真理的生成之源。或者，用科恩的话说：那是光进来的地方。

大地有裂隙，人也有裂隙。伤，是肉体的裂隙，或者也是精神的裂隙。我们追求完美，是因为我们自身的不完美，那不完美的地方就是我们的裂隙，我们藏匿黑暗或制造黑暗的地方。所以在科恩看来，爱就是互相折磨，互相给予伤害，互相呈现那不完美的伤口，等待着光的照耀。

上帝说，要有光，于是便有了光。

1. 你是对的，撒哈拉

> 你知道我是谁

我不能跟随你，我的爱
你不能跟随我
我是你放置在
我们所有形态之间的距离

你知道我是谁

你凝视着太阳

好吧我是那个喜欢

无中生有的人

有时我需要你的坦诚

有时我需要你的狂野

我需要你带着我的孩子们

我也需要你杀了这个孩子

你知道我是谁

如果你要跟踪我

我将就地投降

我将留给你一个心碎的男人

并且教你如何将他复原

你知道我是谁

我不能跟随你，我的爱

你不能跟随我

我是你放置在

我们所有形态之间的距离

你知道我是谁

    你是对的。你说，距离产生美。何谓距离呢？科恩继续这样写道：你是对的，撒哈拉。撒哈拉就是辽阔的距离，一千公里，或者比一千公里更远。"远方不断被远方拉远",美就在比远方更远之处,在肉身无法企及而神秘的精神可以抵达之处。

有多少种距离可以为我们所丈量呢?或者说,有多少种距离能为我们所掌控、所把握呢?

"我不能跟随你,我的爱 / 你不能跟随我 / 我是你放置在 / 我们所有形态之间的距离"

科恩对爱,对一种两个人之间的关系,有着最基本的喟叹和判断,即一种无法排遣的无奈。我,就是你我之间的距离。当然,也可以反过来表述,你,就是我你之间的距离。距离,在科恩看来,不仅仅是一种与他者的关系,更意味着我与"自我"的一种关系。距离不是一种空间概念的描述,而就是心灵咫尺之间的描述,是一种乖戾与另一种乖戾之间的距离,是一种价值与另一种价值之间的距离;是我与另一个分裂的自我之间的距离,是一个白天的我与黑夜的我之间的距离。而爱,只是两个被"距离"所裹挟的人,在玩赏着距离之惑。

罗布·格列耶写过一种染有狂野气息的距离。他写道:嫉妒是可以用厘米来衡量的:我在房间里,一个女人在阳台上,一个朋友在这个女人旁边。如果他离她50厘米远,我毫不嫉妒,30厘米远,我开始不安,两厘米远,我简直疯了。

格列耶这种疯了的感受,正是科恩在第二段的那句"好吧我是那个喜欢 / 无中生有的人"形象化的注解。一个在追逐着崇高的爱的人,恰恰有着现代人所通常有的卑微和脆弱、疯狂和迷失。

"你知道我是谁",这是肯定句,还是诘问句呢?从紧跟着"你凝视着太阳"来看,它更像一个诘问句。从眼睛到太阳,这该是一个多么迢遥的距离,它与顾城的"你看云时很近,你看我时很远"具有某种相似性:弱水三千,难取一瓢,心是最远的地方。

然而,悖论就是:心又是出发的地方,是最近的地方。所以才会有对心的呼唤:坦诚和狂野。这也是爱情奥义中精神与肉体、灵与性的另一种表述。而

爱情就是两个不完美的人在追求完美。

"孩子们"与"孩子"则是爱的教条或衍生物的另一种指代。"杀",并不是杀生之杀,并不是掠杀和屠杀。杀,只是对我们耳熟能详的某种爱情规训的反抗和嘲讽。科恩是一个虔诚的临济宗信奉者,此处的"杀"也当如临济宗开山始祖义玄禅师的名言中所言及的杀:逢佛杀佛,逢祖杀祖,逢罗汉杀罗汉,逢父母杀父母,逢亲眷杀亲眷,始得解脱。

你是对的,撒哈拉。解脱也罢,反抗也罢,都在证明你是对的,撒哈拉。你知道你是谁。爱情倘若不相伴着迷惘,那又怎能称得上爱情?"迷雾被迷雾笼罩,面纱被面纱遮盖",这才是爱情,这才是撒哈拉。

残酷的永远是谁又能够知道并拆解谁是谁呢?"我是谁"——一道经典的无解的方程式。我们无法解释自己,我们甚至都无法理解自己在漫长的一生中做过的那么多蠢事、傻事。"只要想起一生中后悔的事,梅花便落满了南山。"一个"我"都不知道的"我是谁",一个他者,一个"你",又凭借什么知道"我是谁"呢?

2. 瞬时之美与瞬时之殇

找一条河，科恩一生都在找一条河，跳下去。他一生酷爱游泳。在他跳下去时，他知道有一双眼睛在看他。看他的踩水，扑腾，凫或仰的姿态，看他为水草牵绊，看他与看不见的鱼共舞。那一双注视他的眼睛是上帝的眼睛，或者，是一个如上帝般存在的姑娘的眼睛。他一生都在寻找爱情，寻找河。他需要河的波涛，河将水汇集聚拢起来的那种气势，需要澄明，需要水在光之下的闪烁不定。他热爱河，热爱水。

而河或水，是一种隐喻，隐喻着时间。每一滴水，都是一个瞬间。他热爱瞬间，或者，更准确地说，热爱瞬间之中的瞬间，热爱那些泛着美的釉彩的瞬间。

爱

给 L.W.

光线穿过窗户，
直接来自上面的太阳，
于是我小小的房间
充满了爱的光芒。

在光流中我清楚地看见
平常你很少看见的灰尘，
从中无名者
让像我这样的人出了名。

我将试着再多说一点：
爱不停地走啊走
直到碰到一扇开着的门——

爱自己就不见了。

阳光下一切纷纷扰扰
微尘在漂浮在起舞，
我跟着它们一起忙乱
陷入虚无缥缈。

于是我从去的地方回来
我的房间，它看上去一模一样——
但在无名和有名之间
什么都没剩下。

我将试着再多说一点：
爱不停地走啊走
直到碰到一扇开着的门——
爱自己就不见了。

  光线穿过窗户，是一瞬。仅仅有了这一瞬，小小的房间立即充满了爱的光芒。在许多篇章中，科恩捕捉、打捞过这美妙的一瞬。

  在他的成名作《苏珊》中，他尽情抒发他见到苏珊那一瞬的悸动——阳光如蜜般倾泻而下。这一瞬除了感天动地，还感动了科恩日后的许多岁月。几十年后，科恩还将《苏珊》形容成"一扇门"：我必须小心翼翼地打开它，若不然，我就得不到门内的东西。

  在《杜斯科的小酒馆1967》中，他捕捉到的一瞬却是洗尽铅华、朴实无华的一瞬：在恒星和流星共同发光的深夜，一个小酒馆，看一个男孩搭早船离开，守着一杯酒、一个苹果，或许，还守着一段无望的爱。但这一瞬同样美妙，因为它凸显了生活的日常性质。它没有戏剧张力，也不大气磅礴，但它击中的却是我们心之最柔软的那部分。在科恩的"这一瞬"中，我们看到了自己相似的"这一瞬"——挤地铁、排队买早点、鸡翅加啤酒——也就是说，我们和科恩共同拥有着"这一瞬"：我们和科恩一起孤独，看科恩怎样用他的孤独战胜我们的孤独。

我们一不小心进入了科恩的圈套，进入玄思了。我们发问了：何谓瞬时呢？科恩不就用他发现的瞬时之美来战胜我们的吗？

毫无疑问的是，瞬时是一种时间现象的描述，人的生命正是由无数瞬时而构成，它是生命存在的实在形式。只要生命作为生命存在着，它就只能活在当下的瞬时之中，阻塞瞬时，生命也就停止了。芝诺的"飞矢不动"是无数瞬时的相加，趋近于无，但在我们个体生命存在的法则里，无数个瞬时的相加，等于我们生命的长度。

但问题在于，瞬时与瞬时的关系，亦即瞬时与瞬时的差异性。此一瞬时永远不会简单地等同于彼一瞬时。瞬时与瞬时不是一个等量齐观的时间单位。

你又一次在地铁的拥挤中窒息，冷汗淋漓，你嗅到隔夜的馊饭的味道；你又一次眺望峡谷，万仞绝壁与平野以 90 度直角相切。最深的峡谷，到夜晚平野的水体上有着最深的月亮。从眼眸到谷底的月亮，有着垂直的距离，1000公尺，还是更深？月亮的美就那么深，还是绝望就那么深？

地铁与峡谷都是一瞬，都是我们卑微的肉身所拥有过的一瞬，就如郑钧在《天下没有不散的筵席》里所唱的聚与散都是一瞬一样。我们相聚，我们拥有峡谷；我们离散，我们拥有地铁。就在"散"的过程中，我们期待着、等待着、守候着另一次"筵席"。

人最大的悲哀是，知道这一瞬很美，但人留不住这一瞬。"多么美啊，请停一停"，是浮士德的乞求，也是人对上帝的乞求，是人在饱受上帝折磨后而发出的呻吟。

所以郑钧写道：其实我错了一切全都变了／就在你转眼的一瞬间一瞬间；所以科恩写道：直到碰到一扇开着的门——爱自己就不见了。郑钧和科恩殊途同归，都由一种瞬时之美，而走向美的不可捉摸、不可确定，走向虚无。郑钧说：天下没有不散的筵席／你的眼泪 欢笑 全都会失去；而科恩说得更为彻底：我跟着它们一起忙乱／陷入虚无缥缈。

"人生几何，譬如朝露"，在上帝眼里，我们漫长的一生可能都是一瞬。

瞬时永远在鞭挞甚或踩躏我们。当你说时间时，时间已不是那个时间，一瞬早就改变了一瞬，当你说爱并呈现爱时，爱已面目全非。所以，老科恩才会像一个老水手一样，面对大海像大海一样悲观，并让悲观像大海一样呈现。他说：海又深又暗；他还说：我不是一个悲观主义者。悲观主义者站在那里担心下雨，我却早就淋得全身湿透。

文学从诗歌开始

第十章
博尔赫斯：文学从诗歌开始

豪尔赫·路易斯·博尔赫斯（1899—1986），阿根廷历史上最著名的诗人、小说家。他在文体上的探索实验影响并改变了整个世界的文学版图。他有一句名言：文学从诗歌开始。这句话至少有两层含义：一是世界各民族的文学史都是从诗歌开始，二是文学入门的途径从诗歌开始。苏珊·桑塔格曾这样评价博尔赫斯：如果有哪一位同时代人在文学上称得起不

博尔赫斯

朽，那个人必定是你。你是你那个时代和文化的产物，然而你却以一种神奇的方式知道该如何超越你的时代和文化。这与你所关注事物的开放性和豁达性有关。

1. 代表了所有鸟的鸟

爱的预期

亲近你节日般光彩照人的面容，

看惯你依然神秘、恬静、稚弱的躯体，

倾听你絮絮细语或默默无言的生命交替，

都算不上神秘的恩惠，

同瞅着你在我无眠的怀中甜睡

简直无法比拟。

因梦的免罪力量而奇迹般地重获童贞，

像记忆选择的幸福那么宁谧明净，

你将把你自己所没有的生命彼岸给我。

我陷入安静，

将望见你存在的最后海滩，

也许初次看到你本人，

正如上帝看到你那样，

时间的虚幻给打破之后，

没有了爱情，没有了我。

抛开博尔赫斯青涩时期的恋爱，给了他最深伤痛的是与诺拉·郎厄跨越近二十年的时断时续的恋爱。这段恋爱的早期形态是一种男女交往的常态模式，而到中期和晚期则演变为比之叶芝对毛德·冈的痴恋更为持久也更为沉重、忧伤的单向度的爱。

这《爱的预期》应该是写给诺拉·朗厄的。

博尔赫斯穷尽一生想找到一个语词去概括所有的事物。他没有找到。但这首诗里的关键语词和意象或许可能勾勒并描摹出他与诺拉·朗厄的恋爱的轨迹，可以解读并品咂出博尔赫斯式的玄思。

他们相恋了。亲近所近。在近中远也就远了，距离消弭了。节日般光彩照人的面容像焰火一般升起。博尔赫斯讴歌这张脸："就是这张脸使千帆竞发，/把伊利安的巍巍城楼烧成灰的吗？/甜蜜的海伦，你一吻就使我永生。看，她的嘴唇吸走了我的灵魂！/来，海伦，还我的灵魂来！/我住下了，天堂就在你的唇上。/凡是海伦身外的，全是粪土。"

欢愉之情，溢于言表。天堂在此时不是图书馆的模样，而是诺拉·朗厄的唇、诺拉·朗厄的脸的模样。诺拉·朗厄在此时成了博尔赫斯的拯救者。她至少在三个方面拯救着博尔赫斯，或者说，帮助博尔赫斯完成他的救赎之路。一是将博尔赫斯从父亲的匕首、母亲的剑的阴影中解救出来。父亲的匕首是指父亲期望他孔武有力，能够像当过炮兵司令的祖父那样喋血沙场，而母亲的剑则是指母亲希望他能出人头地，为家庭的荣誉之剑再添光辉。博尔赫斯从童年起就在反抗着匕首和剑，但他找不到反抗的武器。现在他找到了，那就是诺拉·朗厄给予他的爱情。爱情是比之匕首和剑更锐利的武器。二是将他从青春年少时落下的对性的恐惧中解救出来，"因梦的免罪力量而奇迹般地重获童贞"即暗含此意。诺拉·朗厄是一个天使，她把博尔赫斯推到惠特曼式激情的高度，让他能够把自我和世界整合为一个充满激情的整体。三是将他从对意义的无休止的拷问中暂时解救出来。博尔赫斯是一个深刻的怀疑主义者。他总是在问：我为什么会来到这个世界？我为什么会叫博尔赫斯？那个叫博尔赫斯的人存在的意义是什么？现在，最起码在他与诺拉·朗厄相遇时，他知道了他来到这个世界的意义：就是为了在布宜诺斯艾利斯的街头，在潘帕草原的落日景象中，与诺拉·朗厄相遇。

幸运过于短暂，痛苦却要相伴他近二十年的岁月。让博尔赫斯无法面对却又不得不面对的事实是：诺拉·朗厄移情别恋了。他陷入了周期性的唯我主义的绝望中去。诺拉·朗厄爱上的人叫吉龙铎。这个名字注定是博尔赫斯的噩梦。诺拉·朗厄爱上吉龙铎的理由那么简单又那么浪漫：在一次聚会时，她不小心打翻了一瓶红酒，吉龙铎歪着身子靠近她耳语：血会在我们之间流淌。21岁的诺拉·朗厄就此成为这一句话的囚徒。

博尔赫斯在这场无望的爱情中激烈挣扎过："你将把你自己所没有的生命彼岸给我"，是他对与诺拉·朗厄关系的一种企求，一种祈祷。"没有"又何以成为"有"呢？

年轻的博尔赫斯，不足以成为吉龙铎的情敌。在拳击比赛中，他们不是一个重量级的。博尔赫斯悲哀地写下:"我用什么才能留住你? / 我给你贫穷的街道、绝望的日落、破败郊区的月亮。/ 我给你一个久久地望着孤月的人的悲哀……我给你我的寂寞、我的黑暗、我心的饥渴;我试图用困惑、危险、失败来打动你。"

诺拉·朗厄刀枪不入,不为所动。博尔赫斯送给她的礼物既伟大又渺小,这礼物的名字叫"语词"。礼物的价值和意义在于赠予与接受的同一性,不幸的是,诺拉·朗厄根本没有意识到这一礼物的独特以及它在未来可能显示的价值。

博尔赫斯现在可以去感受诺瓦利斯的那句诗了,去感受梦的力量:生活不是一场梦,但是可以成为一场梦。而"梦的免罪力量"又在哪儿呢?换句话说,救赎之路又在哪儿呢?

他必须像记忆那样选择记忆了。就是说,他必须学会遗忘。

他虔诚地学习遗忘,虔诚地剔除着记忆原本选择的宁谧明净的幸福。他写下了《献给你声音中的激情主义》。他想把诺拉·朗厄逐出世界的中心:

"但你的声音是爱的声音,充满爱的力量和辉煌,

怎样才能忘记我们本不该听到的话呢?

我们已经忘记了那些'我爱你'的声音,

但是你的声音却把我们奴役了。

怎样才能忘记你那充满爱的声音呢?"

显见的是,博尔赫斯做不到,他无法忘记那曾经的"充满爱的声音"。大脑沟回遵循的法则是:要遗忘什么比之要记着什么更难。再短的爱也是爱,就像博尔赫斯只在奈良待了一天,但奈良可以像布宜诺斯艾利斯一样,在语义上生成故乡或祖国;再长的遗忘也是遗忘,像一条漫长的河流,无法割舍的是源头的那一脉细流。

诺拉·朗厄给了博尔赫斯一个背影,一个可能惆怅也可能欢快的背影。"望见你存在的最后的海滩",该是一场如期而遇的离别的发生地。在拒绝了博尔赫斯的爱之后,诺拉·朗厄乘船离开了阿根廷去挪威。紧挨着《爱的预期》,

博尔赫斯写了一首《离别》。诗的结尾弥漫着无法排遣的绝望和孤独："我像从刀光剑影的地方归来的人那样 / 从你的眼泪里脱身。 / 如同往昔黄昏的梦境一般生动鲜明的黄昏。 / 那之后，我便一直追赶和超越 / 夜晚和航行日。"

对博尔赫斯而言，更为残酷的一幕发生在诺拉·朗厄从挪威返回阿根廷之后。那是一次聚会。聂鲁达、洛尔迦都参加了那次盛大的聚会。饭后，聂鲁达、洛尔迦和一位女诗人在庭院里散步。聂鲁达给迷人的夜晚及迷人的女诗人迷住了。他们爬上了一座塔，聂鲁达一把抱住了女诗人，并让洛尔迦在塔底站岗放哨。慌乱之中，洛尔迦跌下楼梯，崴了脚。这段传闻中的女主角即诺拉·朗厄。

"每一件事物，都是所有的事物。"在这一件事物中，博尔赫斯是不是发现了他与聂鲁达、洛尔迦的联系，处在同一件事物之中呢？或者，这是一件孤立的事物，但在博尔赫斯的想象中，它像所有其他的事物一样，成为所有的事物中的一件事物。

宇宙中的一点，但包含了宇宙中的其他点。

但不论怎么说，时间在《爱的预期》中具有了博尔赫斯式的迷幻性质，即在未来没有到来时他看到了未来。博尔赫斯像罗马神话中的门神雅努斯一样，同时看到了日出和日落，亦即此在与彼在，现在与未来。"时间的虚幻给打破之后，/没有了爱情，没有了我。"这是为爱情提前谱写的挽歌，这是一个怀疑主义者在幸福的时候对幸福的怀疑。爱的失败让他再次陷入"没有了我"的恐慌之中。

然而，在爱情之中显然是没有真理的，显然没有一条准则可以规定：爱应该这样，或者，爱不应该这样。在诺拉·朗厄给了博尔赫斯遍体伤痛之后，博尔赫斯却以一种迂回曲折的方式，更深沉地去表达他对诺拉·朗厄的单向度的爱。在一篇评论中，他借西班牙语中最有名的一首情诗传达心声：

"它们会变成灰烬，但是灰烬也有感觉，

它们会变成尘埃，但即使是尘埃也依然爱着你。"

1945年，在距离那场失败的爱足足有十六年后，博尔赫斯写了那篇著名的短篇小说《阿莱夫》。故事中自传性质的潜台词就是他对诺拉·朗厄的爱。阿莱夫是魔法球，可以让看的人看到整个宇宙的瞬间景象；它被形容为"宇宙中的一点，但包含了宇宙中的其他点"，它还被比作思摩夫，"一只在某种程度上代表了所有鸟的鸟"。博尔赫斯想借阿莱夫和思摩夫表明什么呢？他和诺拉·朗厄的瞬间之爱，是辉煌的一点，是包含了宇宙中其他点的"点"？而爱，就是那只代表了所有鸟的鸟，总在翱翔，总在大地和天空的每一个角落或高或低、或疾或徐地亮翅、敛翅、玩耍或觅食？

2. 时间之上的玫瑰

博尔赫斯博士和我们一样，迷恋着许多事物。在他迷恋那些事物时，他从云端走了下来，从图书馆的书堆里走了出来。他迷恋着我们的迷恋，喜欢着我们的喜欢。

他喜欢铁路。铁路在布宜诺斯艾利斯郊区穿过破败的房屋，穿过辽阔的潘帕草原。他数着枕木，听着车轮撞击铁轨的轰隆轰隆声，看着这用钢铁编织的"迷宫"消失在铁轨尽头，然后他用诗句记录下这种从"看不到的水平线上"和"我内心深处"传来的无尽的声音。

他喜欢老虎。他母亲禁止他喜欢牧人、流氓、老虎，他愈加喜欢老虎，幸运的是，他没有愈加喜欢流氓。少年时，他对老虎的喜欢达到疯狂崇拜的程度，"老虎是一种既灵敏又凶残的动物，浑身有着无穷的力量"。

他喜欢数字。他不是在数学的公式里喜欢数字，而是在文学的语词堆里把玩数字。《沙之书》里有数字，数字揭示了一本书为什么没有结尾。《秘密奇迹》中有数字，他写了四倍的子弹，却不说四倍的基数是什么。《鸟的命题》中的数字则直接构成了数字迷宫：我看到的鸟却不是九只、八只、七只、六只、五只、四只、三只或两只。我看到的鸟数在十和一之间，但不是九、八、七、六、五等等。具体的数目说不清，因此，有上帝存在。

他喜欢阿莱夫、思摩夫、玫瑰。这是他的至爱。前两者是虚拟之物，只有玫瑰是现象世界的实在之物。他最爱的实在之物是玫瑰。

玫瑰是一种客观对应物，对应着人，对应着引领、救赎着他的女性，对应着他一段又一段的爱情苦旅。在爱情中，他始终是一个失败者，直到晚年，才赢来唯一的胜利。

他写的第一首和玫瑰相关的散文诗章叫《一枝黄玫瑰》。他的感慨并不在于玫瑰的姹紫和嫩黄，而在于只有他才能够生发的博尔赫斯式的感慨：玫瑰不存在于玫瑰的名称之中。在写这首《一枝黄玫瑰》时，他正在与康塞普希昂热恋。在热恋中的他看来，玫瑰应该存在于康塞普希昂的步态中、笑容中，玫瑰的花影应该重叠着康塞普希昂的影子。他恐惧着剑，他的母亲不满意康塞普希昂的平民身份。怯于反抗的他交出了爱情，向母亲投降了。但他极度痛苦，曾一度想到自杀。他写道：你的灵魂就像一根套在脖子上的绞索一样。他觉得"生命的完全停止可能要比永生还要不可思议、更加难以解释。谁能想象出上帝创造出来的这个复杂的生命终结时会是什么样子呢？"他挣扎着活了过来，把这段爱情托付给了记忆：

"你的存在犹如熏香一样，

将在我的记忆里慢慢燃烧。"

他在与诺拉·朗厄那段刻骨铭心的爱中，用英文而不是西班牙语写下了"跋"一样的诗句：我给你，早在你出生前多年的一个傍晚看到的一朵黄玫瑰的记忆。时间的不可逆性在这样的诗句中被改变了，而同时被确立的是：过去的或消失的东西要比我们现在所经历的更为鲜明生动。

在《剑桥》这首诗中，他更是把这样的理念推向了极致，他认为过去——那些已经消失了的东西——生活在我们内心：

"我们是自己的记忆，

是那个形式易变的虚幻的博物馆，

是那堆破碎的镜子。"

他学习但丁，他热爱但丁，因为但丁也热爱玫瑰。但丁爱过一个女孩，他与女孩 9 岁相识，女孩 18 岁时但丁表白，但被拒绝，她另嫁他人，但但丁依然把她当作心中的女神。女孩 24 岁去世。之后但丁对她的爱则完全剔除了世俗的成分而上升为纯粹的精神之恋。《神曲》中的比阿特丽斯当是这一女孩的化身。她带领着但丁穿越了天堂的九重天来到了最高天，亦即上帝超越时空的绝对存在的地方。在那里但丁最终通过实现了救赎的灵魂看到了正义的玫瑰："那玫瑰的最外边的花瓣将有多么广大？/我的眼光并没有在那广度和高度里迷失自己，/却抓住了那欢欣鼓舞的范围和性质。"（《神曲》）

博尔赫斯也想抓住欢欣的玫瑰，抓住天堂之巅的玫瑰。诺拉·朗厄已然远去，并在时光的牵引下越来越远。二十年后，他要找到属于他的新比阿特丽斯。1945 年，他爱上了年轻的埃斯特拉。在宪法广场，他们漫步、沐浴月光。博尔赫斯向埃斯特拉大献博尔赫斯式的殷勤：要创造一个包容了世界上所有地方的地方。这个地方的名字该由埃斯特拉来起。他们相爱了，但在他们热恋的高峰期，那把剑——博尔赫斯的母亲又一次斩断了他们的情缘。

黯然神伤的博尔赫斯留下了这样的文字，呼唤他心中的玫瑰：既要同过去相符合甚至也要同秘密的将来相呼应；任何的分析研究都不能穷尽其意义；它将是一朵没有目的的玫瑰，一朵柏拉图式的、穿越时空的玫瑰。

可怜的博尔赫斯，他太想通过一朵玫瑰来看世界，但玫瑰与世界都不给他带有目的性的机会；他太想像但丁那样，通过女人的爱去看宇宙的整体性，但"对于没有得到满足的爱而言，这个世界是个谜"。他只能慨叹：

"可是被爱是一种恩惠，

曾经幸福过，曾经触碰过那个活生生的伊甸园，

哪怕就短短一天的时间，

都是上帝赐给你的恩惠。"

他像一个彻底的泛神者那样，忽然相信一种铭心刻骨的爱能够脱离肉身而独立存在，就像叶芝以为的那样：存在于天空之云沫之下、群星之中。他通过波斯盲诗人阿塔尔之口说：

"每一件事物，

同时又是无数事物。

你是上帝展示在我失明的眼睛前的音乐、

天穹、宫殿、江河、天使、

深沉的玫瑰，隐秘而没有穷期。"

但那命定的一刻终将来临，在与玫瑰的无休无止的战争中，博尔赫斯总会赢得一次，哪怕这在他漫长的一生是唯一的。一次就够了。

1971 年，玛丽亚·儿玉出现在博尔赫斯的生活中。她眼中的爱与他眼中的爱相遇了。博尔赫斯 72 岁了，但他充满激情地写道："啊，夕阳的彩霞，啊，老虎的毛皮，/啊，神话和史诗的光辉，/啊，还有你那更为迷人的金色的头发，我这双手多么渴望着去抚摸啊。"

博尔赫斯快乐着，但快乐的同时他又担心着，就像

儿玉与博尔赫斯

所有的爱情都有着担心、忧虑一样，博尔赫斯苍老的爱情、历尽沧桑的爱情同样笼罩在担心、忧虑的阴影中。他写了《沙漠》，表现了他对爱之玫瑰随时会凋谢的担心。他想象着自己在冥界的黑暗王国里被玫瑰的记忆折磨着。他对爱情的玫瑰带给他"亲密的礼物"非常感恩，但是尽管这朵玫瑰让他了解了玫瑰附带的一些特征——它的颜色、香味、分量——但它柏拉图的形式是什么呢？

他无法找到答案。他就这样矛盾着，思索着，在玫瑰、爱情的芬芳与死亡、存在的残酷之间徘徊着：仿佛没有尽头，没有目标，没有意义。

但他把一本诗集命名为《深沉的玫瑰》。在意义与无意义之间最恰当的桥梁可能就是这玫瑰了。每一天生活的迂回曲折可能也正像玫瑰花瓣的螺旋排列。他把这本诗集献给了玛丽亚·儿玉。

玫　瑰

玫瑰，

我不讴歌的永不凋谢的玫瑰，

有分量、有香气的玫瑰，

夜阑时分漆黑的花园里的玫瑰，

随便哪一处花园、哪一个黄昏的玫瑰，

通过点金术

从轻灰中幻化出来的玫瑰，

波斯人的和阿里奥斯托的玫瑰，

永远都是独处不群的玫瑰，

永远都是玫瑰中的玫瑰的玫瑰，

柏拉图式的初绽之花，

我不赞颂的热烈而盲目的玫瑰，

可望而不可即的玫瑰。

第十一章
辛波斯卡：在自然之物的多棱体上摇曳

维斯拉瓦·辛波斯卡（1923—2012），波兰女诗人，1996年诺贝尔文学奖获得者。她的诗以从日常生活中汲取诗情而著称。她是语词的魔法师，最简单的字与字、词与词、句与句在她的变幻组合下，都会生发出最不寻常的意义。她能把不重要的事情变得重要，把重要的事情变得不重要，一粒沙可以成为巨厦，一只蚂蚁可以比大象更庞大。她一生都在寻找作为一个普通人漂浮在这个宇宙的意义。她知道荒谬，理解荒谬，但更与荒谬搏

辛波斯卡

斗，她的名言是：我热爱写诗的荒谬胜过不写诗的荒谬。她是诗坛的莫扎特。

1. 一只甲虫或苍蝇之死构成的重大事件

俯　视

泥巴路上躺着一只死甲虫。

三对小脚小心翼翼地交叠于腹部。

不见死亡的乱象——只有整齐和秩序。

目睹此景的恐怖大大地减轻了，

绝对地方性的规模范畴，从茅草到绿薄荷。

哀伤没有感染性。

天空一片蔚蓝。

你，或者我，都会勇敢地或不假思索地踩死或拍死一只甲虫。你不会忧伤。你不会为一只甲虫的死亡举行某种追悼仪式。你不会觉得蟑螂红色的翅翼与婚纱颤动的红色有某种近似。你不会觉得苍蝇头部的金色与你酷爱的戒指的金色是同一种金色。

我和你一样。我们太正常了。不正常的是辛波斯卡，以及像辛波斯卡一样的人。

屠格涅夫观察过苍蝇：我抬起头，看到树梢上一只大苍蝇，这种苍蝇长着翠绿的脑袋、长长的身体和四只透明的翅膀……屠格涅夫被这只苍蝇所掳掠、所绑架，他傻了似的足足观察了一个多小时。伟大的屠格涅夫一生中有一个小时贡献给了一只苍蝇。他对这只在烈日下一动不动的苍蝇佩服至极。这只苍蝇让他顿悟：在每一个生物都静悄悄慢悠悠地焕发着生命的气息，从容不迫地、克制地感觉世界和显示力量，健康的平衡——这就是它的基础，它的不变的规律，这就是它的支撑。

玛格丽特·杜拉斯更深入地观察过苍蝇。就像她写一条河可以写出波涛一样，它写一只苍蝇的死亡也可以写出波涛。她从一只苍蝇的病危写起，它挣扎，然后一动不动地粘在墙上。她以为它死了，但它还没有。她错了，一个生命的消亡即使如苍蝇也是如此的艰难。它终于死了。她也像屠格涅夫一样有了某种顿悟：苍蝇的死亡，是死亡。是朝向某种世界末日的进程中的死亡，它扩大了长眠的疆界。即使在二十年后，她仍然记得那只苍蝇死亡的精确时刻：三点二十分。被杜拉斯记住的苍蝇，有了杜拉斯式梦幻般的意义：苍蝇死亡时刻的精确性使它有了秘密葬礼。证据就在这里，它死了二十年，我们还在谈论它。

那只辛波斯卡笔下的甲虫，它的幸运与杜拉斯笔下的苍蝇一样，在它死去许多年之后，我们仍在阅读它、谈论它。它们卑微的命运，因为辛波斯卡，因为杜拉斯的缘故，很可能被我们记住，很可能出没于我们的梦境。因而，我们也可以说：它们的死，是一个重大的事件。我们和辛波斯卡、杜拉斯的不同在于：她们直接从苍蝇之死、甲虫之死中得出了"重大事件"的结论，而我们，只不过是她们这一结论的思考者、旁观者。

2. 湖底无底　湖岸无岸

一粒沙看世界

我们称它为一粒沙，
但它既不自称为粒，也不自称为沙。
没有名字，它照样过得很好，不管是一般的，独特的，
永久的，短暂的，谬误的，或贴切的名字。

它不需要我们的瞥视和触摸。
它并不觉得自己被注视和触摸。
它掉落在窗台上这个事实
只是我们的，而不是它的经验。
对它而言，这和落在其他地方并无两样，
不确定它已完成坠落
或者还在坠落中。

窗外是美丽的湖景，
但风景不会自我观赏。

它存在于这个世界，无色，无形，
无声，无臭，又无痛。

湖底其实无底，湖岸其实无岸。
湖水既不觉自己湿，也不觉自己干，
对浪花本身而言，既无单数也无复数。
它们听不见自己飞溅于
无所谓小或大的石头上的声音。

这一切都在本无天空的天空下，
落日根本没有落下，
不躲不藏地在一朵不由自主的云后。
风吹皱云朵，理由无他——
风在吹。

一秒钟过去，第二秒钟过去，第三秒。
但唯独对我们它们才是三秒钟。

时光飞逝如传递紧急讯息的信差。
然而那只不过是我们的明喻。
人物是捏造的，急促是虚拟的，
讯息与人无涉。

　　这首诗的第二段不着一个静字，但尽得静字的真髓。能够看见一粒沙的人是寂静的，能够看见一粒沙怎么坠落的人是寂静的，能够看见一粒沙在窗台上的人是寂静的，能够揣摩、猜测一粒沙的命运的人，更是内心有一股巨大的静力。喧闹的人只看得到喧闹，只看得到宏大的事物，天空或大海，云在奔逐，浪在奔逐；只看得到人聚集成沙，像沙一样密密麻麻，风吹过或者风在吹，沙们就你挤我拥，你唱我歌，你喊我叫，千千万万的沙聚在一起构成沙漠。喧闹的人看得到沙漠，却看不到一粒沙。

针落地。听得到针落地声音的人是寂静的。

辛波斯卡，一个看得见一粒沙的人，一个听得见针落地声音的人。辛波斯卡是寂静的。事实上，她也是寂静的。一只鸟飞过，她可以听见血液在鸟的心脏里回流的声音。

她不喜欢到人多的地方去。她把自己看得很弱很小，像一个逗点。她热爱阅读，认为"阅读是人类迄今发明的最荣耀的事"。她追寻静默，她的屋子里没有电话，甚至没有浴室。她只在屋子里面读或写，在屋子外面踽踽独行、漫步沉思。她说：我无法想象诗人不去争取安闲和平静。不幸的是，诗歌并非诞生于喧闹、人群之中，也并非诞生于公共汽车上。所以，必须有四面墙，并且保证电话不会响起。这是写作所需要的一切。

大音希声。寂静的人，却往往能发出巨大的声音，往往能把不重要的事情变得重要，把一粒沙变得比一座大厦更为沉重，比辽阔的沙漠更为辽阔。

诗的第三段，让我们感受到了一粒沙的力量，感受到了寂静与寂静的碰撞所产生的静力。

湖底为何无底？湖岸为何无岸？辛波斯卡在第三段的开始，就给出了答案：风景不会自我观赏。观赏的是我们，把湖底称之为湖底的是我们，把湖岸称之为湖岸的是我们，把天空称之为天空的也是我们。湖底、湖岸、天空不会自我命名。物，兀自存在着，如此而已。"你"非湖底、湖岸、天空，又如何看透湖底、湖岸、天空，"无"或"有"的描摹仅仅是"你"的描摹而已。

一个"无"字，似乎在隐隐地指向虚无，指向川端康成曾归纳并欣赏的东方式的虚无。川端在《我在美丽的日本》中，曾援引西行法师的话，来说明东方式的虚无：虽然歌颂的是花，但实际上并不觉得它是花；尽管咏月，实际上也不认为它是月。换句话说，花或月，兀自存在着，如此而已。花或月的概括本身就浸透着"你"的有限性。花非花，月非月，就如同湖底无底，湖岸无岸。

3.原形先蕴：玫瑰在玫瑰的种子之中

17世纪末和18世纪初英国最著名的自由思想家约翰·托兰德在《泛神论要义》中这样写道：一棵树的种子并不像亚里士多德所认为的那样仅仅是一棵潜能的树，而是一棵现实的树，在种子中已经有了树的一切必要的部分，虽然还如此微小，以致如无显微镜就不可能为感官所感知，而且即使有了显微镜也只有在极少的事物中才能看到它们。

托兰德的这一观点也被称作"预成论"或"原形先蕴"。在哲学史上，它是一个被广泛运用但又颇有争议的观点。但这并不妨碍诗人对植物的透视、对植物生命衍变史的追溯和对原形的探秘。普拉斯可以在烈火中种植金色的荷花，辛波斯卡同样可以大胆想象一棵树一朵花的胚胎期。

她这样演绎一朵玫瑰的"原形先蕴"：

> 我企图生出枝叶，长成树丛。
> 我屏住呼吸——为求更快蜕化成形——
> 等候自己开放成玫瑰。

由一朵玫瑰的原形先蕴，我们也可以想到一个人，想到许多事物的原

我的躯体独一无二，无
可变动，我来到这儿，
彻彻底底，只有一次。

形先蕴。你拥有什么样的过去，就会拥有什么样的当下；你拥有什么样的当下，就会拥有什么样的未来。未来先蕴于你的过去和当下，未来提前存在。你以什么样的你去拥有什么样的初识、相逢，你就会终极拥有什么样的爱。爱的未来先蕴于相识的前期。那一前期就是玫瑰的种子期，它是许多可知与不可知的因素的杂糅和碰撞。它会产生唯一的玫瑰，不可替代的玫瑰，就如辛波斯卡紧接着写到的那样：我的躯体独一无二，无可变动，/我来到这儿，彻彻底底，只有一次。她在写玫瑰，也在写爱情，写一见钟情，也写迟缓的爱。

一见钟情

有一种爱叫做一见钟情。
突如其来，清醒而笃定；
另有一种迟缓的爱，或许更美：暗暗的渴慕，
淡淡的纠葛，若即若离，朦胧不明。

既然素不相识，他们便各自认定
自己的轨道从未经过对方的小站；
而街角、走廊和楼梯早已见惯
他们擦肩而过的一百万个瞬间。

我很想提醒他们回忆
在经过某个旋转门的片刻，他们曾经脸对着脸，仅隔着一面玻璃，
还有某个拨错的电话，人群中的某一声"抱歉"……
只是，他们不可能还记得起。

若他们终于知道

缘分竟然捉弄了自己这么多年，

他们该有多么讶异。

缘分是个顽童。在成长为矢志不渝的宿命之前，

它忽而把自己拉近，忽而把他们推远，

它憋着笑，为他们设下路障，

自己却闪到一边。

但总有些极细小的征兆，

只是他们尚读不出其中的隐喻：某一天

一片落叶，从他的肩飘上了她的肩，

也许就在上个周二，也许早在三年前；

或是无意中捡到了某件旧物——遗失了太久，

消失于童年灌木丛中的那只皮球。

或是他转过她转过的门把，按过她按过的门铃，

或是他的刚刚通过安检的皮箱正紧紧挨着她的，

或是相同的夜晚里相同的梦

冲淡了，被相同的黎明。

毕竟，每一个开篇

都只是前后文档中的一环；

那写满故事的书，

其实早已读过了一半。

　　这是一首美丽的诗。这首美丽的诗还有一个美丽的传说。1993 年圣诞节，"蓝白红三部曲"的导演基耶斯洛夫斯基闲逛到华沙的一个小书摊前，他

发现了一本辛波斯卡的诗集，辛波斯卡是他的朋友"蓝白红三部曲"的译者罗曼·格伦最喜欢的诗人，他决定买下诗集送给罗曼·格伦。"就在我胡乱翻阅这本书的时候，我看到了《一见钟情》。这首诗所表达的意念和《红》这部电影十分相近。于是我决定自己留下这本诗集。"

它的美丽还在于它不是通过美丽来传达美丽。换句话说，它不是通过喁喁情话来展现爱情，也不是通过身体的姿态来展现爱情，而是通过单调的、平面的"物"来展现爱情。这"物"，非动物、植物，也非山峦河流森林那种未经人工改造的第一自然之物，而是沾染着人的气息，被人彻底改造的第二自然之物。

辛波斯卡像一个搬运者，把一些互不关联的物搬运到她的诗里去、她的王国里去。街角、走廊、楼梯、旋转门及玻璃、电话机、球、门把、门铃、安检处滚动的皮箱。这些"物"不是静止的，物以物的姿态在运动着：街角、走廊、楼梯有人影，电话机有声音，旋转门在旋转，玻璃倒映出人影，球在滚落，门把转动，门铃在响，皮箱挨着一个皮箱也挨着无数个皮箱在转盘上滑行……但这些运动着的物本身并不产生意义。意义似乎被掏空了。也就在这时，辛波斯卡像上帝一样出现了，她俯视了这些物，追溯了这些物，这些物立刻在冥冥之中生动起来，它们的运动过程似乎契合了一场突如其来的爱情的"种子期"，亦即托兰德的"原形先蕴"，亦即玫瑰还没有以玫瑰的形式开放时的"屏住气的呼吸"。"物"的疏离为爱的紧密做了悖论式的铺垫，"物"的神秘且又具有宿命性质的面貌成为一段明朗爱情的先验存在。

法国学者戈尔德曼在他的名著《论小说的社会学》中说：在这个世界上不可能把情感和物分开。辛波斯卡以她的诗歌实践证明着戈尔德曼的这句话是对的。

她坚信两只挨在一起的皮箱的意义：它充满了苍茫感，一只皮箱其实与无数只陌生的皮箱在一起，但仅仅只可能和其中的一只产生意义。两只，并不是1+1的任意组合。所以，辛波斯卡充满无奈但又充满挚情地写下：只有玫瑰才能盛开如玫瑰。

第十二章
布罗茨基：像一匹马一样的命运

约瑟夫·布罗茨基（1940—1996），俄裔美国诗人，出生于犹太家庭，15 岁就辍学打工，二十出头就以诗作《黑马》引起阿赫玛托娃的激赏，因为诗，他的苦难的命运和多舛的爱情有了开始，也有了结束。他也因为诗坐牢，被流放，被驱逐

布罗茨基

出境，他一生都在追逐的问题是：生活在何处？ 1987 年，他获得诺贝尔文学奖。苏珊·桑塔格说：我把约瑟夫·布罗茨基视为一位世界诗人——部分原因是我不能用俄语读他的诗；主要原因则是，他在诗中达到那个维度，这些诗在物质标志上、文化指涉上和态度上具有非凡的速度与密度。

1. 马来到我们中间寻找骑手

黑　马

黑色的穹窿也比它的四脚明亮。

它无法与黑暗溶为一体。

在那个夜晚，我们坐在篝火旁边
一匹黑色的马儿映入眼底。

我不记得比它更黑的物体。
它的四脚黑如乌煤。
它黑得如同夜晚，如同虚空。
周身黑咕隆咚，从鬃到尾。
但它那没有鞍子的脊背上
却是另外一种黑暗。
它纹丝不动地伫立，仿佛沉睡酣酣。
它蹄子上的黑暗令人胆战。

它浑身漆黑，感觉不到身影。
如此漆黑，黑到了顶点。
如此漆黑，仿佛处于针的内部。
如此漆黑，就像子夜的黑暗。
如此漆黑，如同它前方的树木。
恰似肋骨间的凹陷的胸脯。
恰似地窖深处的粮仓。
我想：我们的体内是漆黑一团。

可它仍在我们眼前发黑！
钟表上还只是子夜时分。
它的腹股中笼罩着无底的黑暗。
它一步也没有朝我们靠近。

马来到我们之间寻找骑手。

它的脊背已经辨认不清，

明亮之斑没剩下一毫一丝。

它的双眼白光一闪，像手指一弹。

那瞳孔更是令人畏惧。

它仿佛是某人的底片。

它为何在我们中间停留？

为何不从篝火旁边走开，

驻足直到黎明降临的时候？

为何呼吸着黑色的空气，

把压坏的树枝弄得瑟瑟嗖嗖？

为何从眼中射出黑色的光芒？

它在我们中间寻找骑手。

　　这或许是一首"物诗"，像里尔克晚年所孜孜以求的"物诗"一样，通过"物"来状写人。它像里尔克的《豹》。但显见不同的是，里尔克的"豹"是在他者注视之下的一种存在物，而"黑马"则染有浓重的布罗茨基的精神特征：奔放但又压抑，无羁而又胆怯。如果说，《黑马》是一首"物诗"的话，这一"物"所对应的正是布罗茨基的精神全貌。它是布罗茨基的独语、絮语。它是布罗茨基思想上的一次漫游，一次面对浩瀚阔大世界的自诉和倾诉。

　　"它无法与黑暗溶为一体。"这是一个高贵的灵魂对黑暗的睥睨与反抗。也可以说，"黑"字一出，立刻彰显了布罗茨基语义学的无穷奥秘。"马"是布罗茨基对自身的一种确认，而"黑"则是让马驰骋的草原、天地和旋转着的舞台。"黑"如万花筒般藏匿着无穷无尽的语词奥义。在意义的维度上，"黑"的意义既有实指又有虚拟，既有直指又有缠绕，既有凝聚又有发散。也正是在这个意义上，如果说有一把打开这首诗的锁钥的话，这个锁钥不是"马"，而是"黑"。

"黑"首先是一种本源的黑，一种颜色。"黑"寓示或展示的是生活本身，是生活的自然状态。布罗茨基善于也热爱以一种平实的甚至具有故事意味的句子来渲染这种生命的直观感受。"在那个夜晚，我们坐在篝火旁边"，篝火的"红"与"亮"反衬出"黑"的存在，"黑"的层次，但在确切的语义层面上，展示的却是正在进行着的生活场景。这样的场景像在布罗茨基许多诗的开篇一样，要以某种具体的场景把他的读者带入抽象之域和抒情之域。它像布罗茨基的诗，但更像一篇写实小说或一部自然戏剧的开头。

我们很容易被这种饱满的黑、洋溢着生活本真趣味的黑所掳掠，所打动。

你看见了长长的峡谷，烟头的微红在远处闪烁，它给你信心，你会走出这长长的峡谷；你说，停电了。慌乱中你本能地摁亮打火机，而另一些人本能地摁亮手机。本能在停电之夜显出了差异，显出了对黑不同的态度。

此黑非彼黑。是麦子黄了我们午夜都在忙着收割之"黑"，是日子久了我们遥夜倾听大海涛声之"黑"。换言之，这儿的"黑"也就是生活本源的、为我们的感官所捕捉，并停留在我们视网膜上的生机盎然的"黑"。它是布罗茨基在《言辞片断》中所写的波罗的海之冬的黑白岁月，是在《致列·利夫希茨》中所写的波状的窗帘在夜晚摇曳出来的"黑"：室内的黑暗并不比室外的黑暗更糟。

爱这样的黑，煤之黑以及像煤一样黑的马的四蹄，我们才会对另一种"黑"产生恨，产生鄙薄与藐视。这另一种"黑"即让布罗茨基无法与之溶为一体的俄罗斯之"黑"。

那些俄罗斯诗坛上高贵的名字，茨维塔耶娃、曼德尔施塔姆、阿赫玛托娃都摆脱不了与俄罗斯之"黑"纠缠、搏斗、反抗的命运。阿赫玛托娃在丈夫被处以极刑后写道："恐惧在黑暗中触摸物体，/ 月亮的光柱正对着斧头。/ 墙外可闻不祥的敲击声——/ 那儿是耗子、幽灵或小偷。"

从步入青年时代起，布罗茨基所有在俄罗斯的岁月，都在与俄罗斯之"黑"玩着耗子躲猫的游戏。他总在被追逐。他逃无可逃。他被流放到荒凉的阿尔汉格尔斯克。他逃到了精神病院。他依然没有逃脱被审讯的命运。

法官：……请向法庭解释清楚，您在间歇期间为何采取一种寄生的生活方式？

布罗茨基：我在间歇期间工作过。我当时做过的工作，就是我现在所做的工作：我在写诗。

法官：这就是说，您在写您所谓的诗啰？您经常变换工作，这能带来什么好处呢？

布罗斯基：我15岁就开始工作了。我对什么都感兴趣。我经常变换工作，是为了尽可能多地了解人，了解生活。

这是俄罗斯之"黑"对艺术、对诗的审判，其荒诞感丝毫不逊色于卡夫卡《审判》中法院对约瑟夫·K的审判。

而面对这种存在的荒诞，布罗茨基的睿智或者说独特之处在于他没有以一种激烈的方式去处措。恰恰相反，他在《幸福之冬的歌》中显示的是非政治化倾向。列夫·洛谢夫在其《布罗茨基传》中以一句话精辟地概括出布罗茨基这种艺术追求的价值取向：把存在主义的荒诞神圣化。

黑夜给了布罗茨基蓝色的眼睛，他孜孜以求的是多恩的境界。在向这位玄学派诗人致敬的《致多恩》中，他写道：在雪中浮游。四处是黑暗是寒冷……将黑夜缝上黎明……

布罗茨基在此时所审视的"黑"，已经不仅仅是俄罗斯之"黑"。对俄罗斯之"黑"他似乎仅仅以一笔"无法溶合"轻轻带过。他以更多笔墨渲染的是一种来自于他自身的"黑"。

"我想：我们的体内是漆黑一团。"这一句诗似有千钧之力，但它指涉的并不是他者，并不是由无数他者构成的族群与社会。普希金的《回忆》中有一句诗曾为布罗茨基所激赏：我带着厌恶阅读自己的生活……布罗茨基以为，陀思妥耶夫斯基和整个俄国小说都来源于这句诗。实际上，《黑马》中的这一句"我们的体内是漆黑一团"何尝又不是这句诗的改写或另一种诠释呢？焦虑、烦闷、妒忌、恶心、陌生感，所有这些负面情绪不都是我们内心漆黑一团的向外投射吗？

我们就是这样的马：骄傲、驰骋，但又软弱、孱弱。

"黑"，在此时，将进入另一个层面，一个形而上的虚空层面：它黑得如同夜晚，如同虚空。

西班牙诗人洛尔迦的声音仿佛作为旁白在此时响起："在这白金的黑夜里，黑夜遂被夜色染黑。"（戴望舒、陈实译《洛尔迦的诗》第5页，花城出版社，2012年）

天不生仲尼，万古长如夜。但生了仲尼，夜就不黑不长了吗？无际无涯的黑将虚空导向了两个方向。一个方向就是面对一枚针的内部的黑，我们的无奈，我们的束手无策。这是一种我们知道的黑，但却是我们永远无法抵达、无法洞察的黑。如同地心深处的黑，如同一只蚊子体内的黑，如同大熊星座内部的黑……存在着无穷无尽的这样的黑，它们兀自存在，但与我们的视觉无关，与我们生命的盛开与凋谢无关。而另一个方向的虚空，则来自于我们实在的生存：它仿佛是某人的底片。它为何在我们中停留？

马在不安，在踢蹄，在转圈，在驻足，在把压坏的树枝弄得瑟瑟嗖嗖。马的这种状态在为虚空作出形象化的注解吗？"虚空是我们内心深处的不安 / 病症（dis-ease），是虚无的苦痛，是一种具有威胁性的空荡，有可能分割和溶解我们自身的其他部分。这种威胁不是来自外部，而是来自内部，它从内部吞噬我们，结果我们的皮肤会变得稀薄而无法自我支撑。"（詹姆斯·帕克，转引自张和龙《后现代语境中的自我》第140页，上海教育出版社，2007年）

当"黑"的奥义被尽情阐释之后，我们终于明白为什么是黑马，而不是白马、红马、灰马、咖啡马。黑马非马。黑马其实就是我们自身。并不是黑马到我们中间来寻找骑手，究其终极的指向而言是我们自己在寻找自己。

2. 离忧伤只有一公分也不逾越

几乎是一首悲歌

昔日，我站在交易所的圆柱下面，

等到冰凉的雨丝飘拂结束。

我以为这是上帝赐予的礼品。

也许我没有猜错。我曾经幸福。

过得像一名天使的俘虏。

踏着妖魔鬼怪走来走去。

像雅各一样，在前厅等候

沿着梯子跑下来的一名美女。

全都一去不复，

不知去了何处。

消失得无影无踪。真巧，

当我眺望窗外，写下"何处"，

却没有在后面打上问号。

时值九月。眼前是一片公园。

遥远的雷鸣涌进我的耳里。

厚实的时间挂满成熟的梨子，

恰似刚毅雄浑的标志。

犹如守财奴把亲戚只放进厨房，

我昏昏欲睡的意识中唯有暴雨，

此时此刻啊，渗入我耳中的

早已不是噪音，虽说还不算乐曲。

　　几乎是一首悲歌，也可以翻译成"几乎是一首忧伤的歌"，或者"几乎是一首悲伤的歌"。几乎是，但又不是。这是一种什么样的情感状态呢？心理学对这样的情感状态没进行过精确的分类，我们难以用一个词去概括这样的情感，但我们却可以一首诗去解读这样的情感。

　　这种情感的降临与一次约会相关。时间：昔日。地点：交易所的圆柱下面。

105
第十二章

守候者"我"，痴情地守候一场秋雨或冬雨的结束。守候者是否守候到他期待的人，语焉不详。它或许是一场永不能相逢的约会，它或许是一场伴随着颤栗的激动的约会。从那句"我曾经幸福"来看，守候者似乎在那交易所的圆柱下面等来了他期待的翩翩惊鸿。

这样看来，这首诗更像超越爱情之后的布罗茨基的回忆和反刍。

布罗茨基一生坎坷，经历过许多常人难以经历的特殊事件，也感受过许多心灵的震撼。阿赫玛托娃、奥登等伟大诗人的鼓励，几度被捕、流放、被送进疯人院，被驱逐出境，但这些都不足以构成他长时期的生活重心。在很多年里，他生活中的核心事件就是与玛丽娜·帕夫洛夫娜·巴斯马诺娃的恋情和分手。

1962 年 1 月 2 日，一个命定的时刻，22 岁的布罗茨基与巴斯马诺娃相识了。巴斯马诺娃是位年轻的画家，聪明，漂亮。阿赫玛托娃这样评价她：瘦小……聪明……非常漂亮！布罗茨基觉得她就是克拉纳赫笔下那些具有文艺复兴风格的少女之化身。

1962 年至 1963 年，在与巴斯马诺娃热恋的日子里，布罗茨基写了很多热烈的情诗。组诗《幸福之冬的歌》是其代表。

你是风，朋友。我就是你的
森林……

这些诗没有忧伤。即使出现了忧伤的字眼，那忧伤也是泛着釉彩，有着明亮，有着光晕。忧伤显得虚假而可爱。

抹掉她迷蒙的忧伤，现出
那路前无云的远景。

这么久生活在一起都是那样，一次
雪花飘临，仿佛无边无垠；

唯恐雪片弄疼她的眼睑，

我用手为她遮挡，但它们似乎

不知眼睛的珍贵柔嫩，

依然撞击我的手掌犹如蝶群。

年轻的布罗茨基，为爱痴狂。他把巴斯马诺娃捧在掌心，还唯恐化了。但爱在布罗茨基这儿显得过于残酷了。因为写诗，他遭到追捕。他躲到了精神病院去。1964 年 1 月，他在莫斯科的一家精神病院迎接新年。但在此刻，他狂热爱着的巴斯马诺娃却与他最好的朋友德米特里·博贝舍夫弄出了一段罗曼史。这爱情与友情的双重背叛，比之监狱更让布罗茨基痛不欲生。他试图割断静脉自杀。

就是说，这是春天。

静脉涨满了鲜血：

你只要一把它划开，

大海就会涌向缺口。

奇妙的是，在这样的诗中，我们仍然难以窥见忧伤的影子。它更像一场生命的盛宴，昂扬，甚至磅礴。或者说，在这样的诗句中，布罗茨基把存在的荒诞神圣化了。

他忘记忧伤了吗？还是他不屑于知道在人类的情感中有一种情感被称之为忧伤？

约翰·福尔斯很准确地写过忧伤。在《法国中尉的女人》中他这样写萨拉的忧伤：

"无论用什么时代的标准和趣味来衡量，这张脸肯定不是一张漂亮的脸。但这张脸令人难忘，这张脸充满忧伤，其流淌出来的忧伤宛如林中泉水一般纯净、自然而不可遏止。没有矫饰，没有虚伪，没有歇斯底里，没有面具……"

布罗茨基自画像

布罗茨基不会像福尔斯那样写忧伤，无论是写巴斯马诺娃的忧伤还是他自身的忧伤。

他对忧伤只有绝望，只有怀念："我用含混不清的'你'字拍松枕头，/这声音响在无边的大洋那边……"（《无来处地带着无日期的爱情》）

他对忧伤唯剩无感，并因此遁入虚无："这一夜我两次醒来，走到/窗前。街灯是睡梦吐露的/一个句子的碎片，/延伸至虚无，宛若一串省略号，/没有给我带来安慰和欢欣。"

而在这首诗中，他对忧伤只是以一种不动声色的反讽去排斥它：几乎是但毕竟不是。经过岁月的沉淀，他甚至能调侃当年的那场背叛："像雅各一样，在前厅等候/沿着梯子跑下来一名美女。"

雅各是谁？犹太裔布罗茨基太知道了。雅各，犹太人的祖先，名字直译为"抓住"（用奸计取而代之者），后改名以色列（王太子之意）。

在布罗茨基割开静脉的一刹那，他由博贝舍夫联想到雅各吗？不管怎样，他最忧伤的时候，他在精神病院的时候，他被博贝舍夫取而代之了。

是双重的背叛让布罗茨基丧失了爱情的能力吗？或者换句话说，如果忧伤的能力都没有了，他还相信爱情吗？

> 我坐在窗前。窗外，一棵白杨。
>
> 我如果爱，爱得很深。这不常发生。
>
> 我说森林只是树的一部分。
>
> 得到女孩的膝，谁还要她整个人？
>
> ——《我坐在窗前》

在这样的诗句中，布罗茨基变成了一个深刻的爱情怀疑主义者。即使对那场铭心刻骨的爱情，他剩下的也唯有轻叹："全都一去不复，/不知去了何处。"

"何处"，在另一诗句中，他还特地打上了双引号。

他在美国。如同桑塔格在《约瑟夫·布罗茨基》一文中开篇明义的一句：

只要我们活着，我们总在某个地方。"何处"，是对"某个地方"的对峙，是对确指的"某个地方"的一种空间假设。事实上，布罗茨基一生都在此处、别处与何处之间游移和徘徊。俄罗斯相对漂泊在外的他而言，是祖国、是母土，应该是此处，但在精神上，他又把俄罗斯当成了他的别处和"何处"。在他生命的最后时期，他最让人讶异的决定是在苏联解体之后，无数他的崇拜者力劝他归国访问，他都予以了坚拒。

"何处"是归程——没有。也正因为这样，他才会写下，却没有在后面打上问号。

忧伤离布罗茨基渐行渐远，越来越远。他洞察了每样事物都有其局限性，包括忧伤。(《致乌拉尼娅》)所以，哪怕离忧伤只有一公分的距离，他也不会逾越这一距离。

他不再年轻，也不再愤世嫉俗。他清楚地看到了某些后现代艺术的幕后推手：悖理，畸形，抽象，不谐，不连贯，随意联想，潜意识流——所有这些或单独或协同地体现了现代心理之特质的美学因素，事实上纯属市场范畴，价目表即可表明这一事实。(《诗歌是抗拒现实的一种方式》)

他回归冲淡平和，或者说，在他的血液中原本就流淌着冲淡平和的因子，因此，他才能写下这般洒脱又厚实的句子：

> 厚实的叶间挂满成熟的梨子，
> 恰似刚毅雄浑的标志。

布罗茨基，因为拥有这样的句子，他变成了一个看透世态炎凉，识透忧伤滋味，却道天凉好个秋的智者。